U0068422

厄法達

Ephphatha

當代天主教漢語詩選

法

達

任安道 主編

§鄞珊畫作§

推薦語

　　這是一本罕見的、以新詩形式呈現的尋索信仰之書。這群年輕詩人自魂的深井中，掏出懇摯無偽的真誠語彙，精鍊其詩句，傳達了各自探問生命存在之意涵，也對應了時代和環境的虛矯和壓逼。他（她）們朝外又向內探求的路徑均迥然有異，卻都是崎嶇艱險的靈性之路，綿綿悠長，東闖西突、上天入地，令人悚然而驚。

──詩人、評論家、臺北科技大學副教授白靈

　　有幸拜讀這本詩集，訝異於天主教會如此人才輩出，尤其是本詩集作者，大多是青年才俊，年紀最輕的朱夏妮才十七歲！讓我看到宗教文學的希望。主編在序文中說：「他們因聖神感動而書寫的詩，誠然是被聖言打開的口，歌唱著對上主的讚美，述說著靈性的真理。」所言極是，深有同感。非常希望此首部天主教漢語詩選，能激發更多人提筆寫詩，回應天主的召喚。

──翻譯家黃美基

　　當代天主教漢語詩選，飽含中華教會文化的新活力，方興未艾；希望能出系列，包括散文小說等其它文學類型，也涵納臺港澳及海外華人天主教作家的作品，漸漸蘊為大觀。相信，天主教漢語

文學的發展，定能偕同「漢語神學」，一起夯實基督信仰在漢文化裡的根基。

──作家、國立清華、靜宜與國立暨南國際大學

前校長李家同

孔子在論語陽貨篇說：「詩可以興，可以觀，可以群，可以怨；邇之事父，遠之事君，多識於鳥獸草木之名。」耶穌在世時，常引用聖詠來向聖父抒情懷，向門徒表心跡。可知詩之於信仰的意義與價值。而今，任安道神父主編當代天主教漢語詩選，就是希望藉此，在我們抒懷、感謝、讚頌、祈求天主之時帶給我們啟發。

──輔仁大學哲學系講座教授、臺灣哲學諮商創始人、

輔仁大學前校長黎建球

在這本宗教詩集裡，我尋覓，叩門，想要一窺詩人們呈現的上帝的臉龐。才發現，為詩人們來說，上帝似乎更像是位沈默和聆聽者。很多時候，詩人只有詩，上主自隱現在詩裡，由讀者自己去體會！鄭重推薦給各位，祈願大家能在此信仰詩集中與上主相遇，與靈魂相逢！在無神和不利於宗教的環境中寫成，這些詩有特別的意義和味道，值得細細品讀。

──教育部政務次長、輔大教育領導與發展研究所教授、

前文藻外語大學校長林思伶

每一個生命體都置身於一個全新而不可重返的時代！近年來，教宗方濟各試圖重新界定基督徒的時代內涵；這本詩集顯示，先於教宗方濟各之前，大陸公教信友已經以各種方式，在不同社會層面

活出了他們對於教宗方濟各所強調的「愛」與「慈悲」的深刻理解。這些文字讓我欣然洞悉：鮮活、靈動的生命情景，展示永恆存有在人類心靈中的奇妙運作。

——輔仁大學宗教學系創始人、耕莘青年寫作會長陸達誠

用「厄法達」三字為書名，非常之好，三字的意思，請參看本書「序言」。簡言之，「厄法達」來自《新約》，是「開啟」的意思。宗教詩不但是心眼的開啟，也是語言門扉的開啟；心眼的開啟只限個人的收穫，語言門扉的開啟，則可傳達於人，惠助他人。更何況美感的語言更能加倍潛化他人。本書一定能讓許多讀者受益無窮。

——作家、臺灣大學外文系退休教授王文興

主編序

　　有人就有宗教，有宗教就有詩，宗教和詩差不多與人同時出現在世上，這是因為，正如海德格爾所言，「人詩意地棲居於大地」。海氏所謂的詩意，不僅僅是來自想像，用於創作的詩意，而是此種創作之詩意的存在性根源，是人盡其性的依歸。所以，詩人首先應是詩意化的、盡其性的人。我們可從盡性者的詩作中察覺出其言外之意所努力觸及的那種自由與超越，體會到天地萬物之美好的真實、神祕與感人，當然也包括世間惡事的可怕與可惡。

　　我們說，詩不是用語言來創作，而是在創造語言。語言是「存在之家」，我們是在語言內，並透過語言來思考、述說、表現自我和建立關係的；離開語言，我們甚至無從知道自己是誰。假如詩根植於人性與存在，那麼，詩就是對存在之家園的建築。在這種意義上，詩具有修復語言及人性的使命，因為語言——存在之家——從創造之初便遭到不斷的破壞。

　　在聖經創世紀的神話裡，人類的始祖夏娃，就是從混亂語言開始墮落的。在跟蛇的對話中，她不斷地顛倒是非、添油加醋，結果就在這樣的混亂中走出了生命的樂園——真正的「存在之家」。之後巴別塔導致的語言混亂，更加普遍地擴大了世間的罪惡結構。罪惡，其實就是對「存在之家」——語言的破壞（暴力往往產生於溝通的終結）；而正如聖經上說的，「誰若在言語上不犯過失，便算

是個完人，也必能控制全身」（雅三2）。

許多文字起源於宗教和祭祀的事實（如漢語），有助於我們理解基督信仰中的這個道理，即原始的未受破壞的聖潔語言，是人聆聽神，與神對話的語言。正是在如此的神性語言內，人詩意地棲居於伊甸的存在之家。在此家中，我們可感受到亞當同神一起散步談心時的幸福，把夏娃視作其「肉中肉、骨中骨」時的愛情，以及他耕作時與萬物的和諧。然而，這一切都在人對語言的破壞中消失了。

為此，神對人的拯救，是透過「聖言成為血肉」的奧祕來完成的。基督信仰認為，聖言——與天父永恆的交流、對天父的完美表述——是人受造的原型。著名神學家拉辛格（後來的教宗本篤十六世）解釋說，如同聖子——聖言一樣，人也是「對話性的存在」，並是在與神的對話中成為人的。基督來到世上，就是為恢復人與神所中斷的對話，重建人的存在之家。

在聖經裡，聾啞被視為與神中斷對話的狀態。所以耶穌在世時治好了許多聾啞人。在治癒一個聾啞人時，他望著天說：「厄法達」，意思是「開了罷！」那位聾啞人的舌結於是解開，能夠開口講話了（參谷七 33-37）。耶穌之所以望著天說「厄法達」，不是讓天父來救治，而是意指「天人間的隔閡打開吧，天人間的對話重啟吧！」被治癒者從此不僅可以正常地參加宗教活動，與上主溝通，而且能正常地參與社團，與人交流。耶穌為他打開的，是新的存在之門。

事實上，宗教，不只是基督宗教，都有關於救贖的信仰，也都以不同的方式重建存在之家。詩與宗教以及人性的密切關係，使得詩也參與如此的使命。因此，從某種意義上說，詩本身就是神性寫

作，就是對神性之召喚的呼應。

當詩讓痛苦和罪惡血淋淋地呈現，讓喜樂和高尚如花盛開時，當它在一草一木裡看出一個世界時，當它用「黑色的眼睛去尋找光明」時，當它讓隱匿事物之奧祕在陽光下展露時，當它讓人展開自信的翅膀飛向希望時，當它讓人體味純潔、平和、虔敬、仁愛、超越與神聖時，它就是在讓人返回靈魂的故鄉，為人開啟存在的家門，把人引入神的交流之中。

而如果詩人本身就信仰神，就在神的家園中詩意地棲居，那麼他們的詩作就更能回應神性的召喚，更能讓存在之家敞開。本選集的詩人，都是中國的天主教信徒，有幾位是神父，其他幾位是在文學和藝術界有所成就的信友。他們都在不同的處境和工作中，以各自獨有的方式深入與神的關係。在選編和品讀其詩作的過程中，筆者覺得就像在伊甸晚間的林中聆聽他們同神散步談心一樣。

在這個「上帝死了」，從而難尋詩意地棲居於世的人的時代，他們堅定地以特別的方式讓存在之家變得澄明，用神性之光照亮人生的旅途。作為中國人，他們在無神的神州裡進行著神思，其因聖神感動而書寫的詩，誠然是被聖言打開的口，歌唱著對上主的讚美，述說著靈性的真理。他們的筆觸，是精神文明之路上的路標，指向靈魂的故鄉，指向詩意的棲居地，指向與神同在的存在之家。「厄法達」！作為首部天主教漢語詩選，本選集也期望為天主教漢語文學的創作打開一扇窗。

2017年9月15日，於臺北

目　次

寒竹

中華聖母

「詩——我醒著的夢！」

作者簡介

寒竹，本名孟栩，北京市寫作學會會員，琴師，現居北京。作品散見於《靈性文學》、《秦皇島日報》、《蔚藍色》、《成言藝術》、香港道風山《現實》及美國《海外校園》等報刊雜誌。

生活

午夜十二點
大地的酒吧，那裡
蟲兒們醉了酒喧鬧成一片

這裡，生活不是酒後的羚羊
而是但丁的煉獄
時間被煉成止痛的藥膏
喝吧！好讓
日子
站在
黑色的枝杈上歌唱。

2015.8.31午夜於蟒山

重聚

在一間溫暖的屋中
我們的年少像一簇簇百合
在初冬的正午重放……
我們談論著生命初起的顏色

白色綠色或紅色的歡快。屋外的
時間，已將歲月釘上
十字架
而當我呼喚它的名字：
時間
就抓緊我的手起舞……
領著我們回到蘋果樹下吧
時間
讓我們在你的髮間
再次聞到永恆童貞的氣息。

2015.11.10深夜於島

雪

冬日的午後雪一直在下
雪地裡，啄完食的麻雀撲簌簌飛去。
若是在原野上
一定是那種無限延伸的白色
上帝的光的顏色。
雪隱匿了樹叢和橙木小屋，
而我想深深地把自己埋進雪裡
譯成雪

雪世界裡的
一個一閃而過的往事。
雪一直下著在這個寂靜的夜晚
那是一種存在的狀態，
就像生命正在消融於時間
而我正在寫著雪的獨白。

2015.11.22深夜於融科鈞廷

最終

最終
還是選擇搬到小湯山
以北的蟒山腳下居住，從廚房
就可以遠眺綿延的山脈，
這裡天變藍
夢變得透明
春天攜著一朵快翼雲守望天空。

再過幾天
漫山的桃花就會紛紛
綻開，像月光裡的迷宮——
而我始終會敞著

窗子，我的眼睛隨時可以用喬裝的
翅膀認識上帝的力量
在那藍色的靜默裡。

2016.3.10凌晨於蟒山

像黑色鋼琴

深夜
慰藉靈魂的山峰正從呼嘯的
風汲取力量

起伏的叢林裡
每一棵樹都發著自己的聲音
上升
超越所有夢者

黑暗的門檻裡：
上帝的能量上升，上升……
變成鐘

鐘聲敲落山影，虛空和風暴
在時間的波浪裡喧響。

2016.5.5凌晨於蟒山

遠遠站立
——寫在父親節

遠遠站立。那個生鏽的七月
第一次在死神面前
親吻了父親冰冷的額頭
那一年我十九歲。

記得九歲那年
他仍舊為我修剪指甲
小心翼翼……
就像我在那個夏天理解了死亡

活著的時候就試著
漸漸進入永恆的生命，那個
父親在的地方。

父親不曾離去
當我想念他的時候
愛就伴著夏天潑灑在鋼琴上
祈禱就忽閃著……
飛向全能者的耳朵。

2016.6.19於清心居

冥思

三月的溪水中，倒影不斷地繁殖
突然，健談很久辛勞很久之後，生命會
逝去。林中葉子綠時
像睜開雙眼的嬰兒，風數著他們的話語
和他們純淨的思想。

生命的基因裡，只有詩的鋸在晴朗之夜閃爍
哼唱那進來和出去的路
哼唱那生命的始發地
並驚奇地注視真理撲閃著翅膀
與我們置身於人生故事末章的最後一節。

2016.3.5凌晨於蟒山

四月

這是春天
T.S艾略特所說的殘酷的月份
在野花遍開的地方，也曾白雪覆蓋
而下面長眠著我們的祖先。

我感到花樹和綠色
比我更好地閱讀和理解春天的
全部。此刻蕭邦的夜曲響起
鳥兒們靜默……

四月的殘酷
睡在分秒的巢裡
開車回家的路上，我被春天看透
被四月和靜默，被綠色。

2016.4.10夜於蟒山

八月

最後的暑熱裡
大地正懷著初果充滿秋天，
受過洗的綠仍停留在草叢和林間
狼尾草、無根藤、潮溼的蘑菇
陽光使它們更加繁盛
野蘆葦開始變白

像雲朵纏繞著靈魂
人在隱密中生長，緩緩流逝或

變成自己？
而當你仰望天空
猛然意識到：天空一無所有
我們卻賴它而生存。

2016.8.23子時於蟒山

八月的夜晚

蟋蟀與知了和鳴的
夜晚，風從山間從林子和
石頭裡吹來，
開車回家的路上
猛然看到一隻烏龜正緩慢地穿過馬路，
倒車，停車
另一輛車也跟著停下
靜等它平穩步入對面的深草叢。

在這個凌亂的世界
多少鳥兒被誘捕
多少惶恐的刺蝟縮成一團也難逃劫難
牠們的結局像許多骷髏。

此刻，不去驚擾一隻過路的烏龜
就像從洶湧的洪水中
救出存活的生命那樣重要！
烏龜出沒的路上
我把車燈打得嘩亮
小心翼翼地穿越正在生長的山野小徑。

2016.8.2夜晚於蟒山

沉默

夜晚，當雨沖刷山林
上帝的沉默
就變成峰巒之間的音程
風在第一層鍵盤彈奏
治癒和不可治癒的東西，滾雷
在第三重琴鍵彈著上帝的隱忍與寬容
一道閃電彈奏那白色的一頁
第二層鍵盤燃起一團火焰：
毀滅謊言和偽善！

有誰在傾聽上帝的沉默
周圍的群山、田野、村莊

牧師、隱修者、或剛出生的嬰兒？
而如果誰進入上帝的沉默
就能完成自我。

2016.9.24午夜於蟒山

如果你沒有誕生

一

每一年聖誕節
總要寫一兩首詩
今年也是，只是醞釀了很久
都因為語言意向太強烈
而有損詩意。
我應該放鬆一下
等待美好詩意的來臨，
就像每年我們都迎向平安夜。
而如果你沒有誕生
我們就迷失了永恆。

二

你來了。在深夜
以一個聖潔嬰孩兒的形象

也並不怕人們對你做什麼。
而當我——
一個漂泊者
在異鄉的夜裡蜷縮入夢，
就讓夢像
果實滑入你的國度吧
因為一切都在離去
唯有你固執著要來。

2016.12.18於蟒山

聖誕

一

乾枯的灌木和草叢
早已失卻了蚤鳴。
十二月的風，像牧人
在林子裡牧放繽紛的雪
槲樹側耳傾聽——
靈感用克魯伯的手譜曲
並用力伸展著枝條
迎向默西亞之夜。

二

群山的依偎中
大地沉睡。這世界是夜
上帝啊！
禰的人像馬棚一樣貧困，
禰就在那兒降生
萬物明認，連星星
都給三王指路
迢迢地去領受豐饒。
快進入孤獨者的夜吧
基督！
人將死於巨大的黑暗
在上帝的光中重生。

2016.12.10於蟒山

立夏

當落日已成灰燼
暗藍的夜總是抹去群山的寧靜
風在窗外像豹子

沖出鐵籠不停地嘶鳴──
我在窗內默想它的形狀：

而其實就像一場真正的演奏！
此時的花園
玫瑰誕生，重新聚攏香氣照亮內部
外部的世界和
生活的隱祕。另外的風景裡：

那一叢叢帶刺的玫瑰
把傾聽者推向未來的尖叫

2016.5.6凌晨於蟒山

冬

山上
有眾多生命的面孔
初次登山
就喜歡漫山的枯草色
並驚異於它
和風、鳥兒們的混聲合唱

試圖從山上
剪幾枝荊棘插進瓷瓶
像賞花那樣欣賞每一根刺
我愛上了它
冬天也賦予它
愛我的自由

因為它擁有我的足跡。

2017.1.14傍晚於蟒山

歲暮

參與南堂10：30英文彌撒
穿越快速路時車密集，像時針爬行。
所幸參與12：30義大利語彌撒
聽得一臉懵圈卻突然明白了
為什麼音樂表情術語三分之二以上都用
義大利文，美得只剩下自身！

做彌撒的是一位小個子義大利神父
蓄鬍鬚，語音優雅
彌撒簡約，沒有輔祭，歌詠也簡潔柔美

此時的祭獻如同古老的獻祭
歲暮了，時間彷彿遷徙的鳥兒，現在回來
不要掩飾願望，我更喜歡簡單
比如說：我正轉向陽光最初淡淡的光芒。

2017.1.22從南堂回蟒山途中

酒

回島，時間在群毆
連續幾天紛亂抓住我。
吹拂的海風和刺眼的陽光之間
猛然發現母親越來越遲緩
卻越過時間
用目光追蹤我

在此刻，塵世的記憶和愛
共用酒精的純然
「唉，誰的老年誰知道有多難！」

而我們和歲月
就像葡萄和橡木桶

彼此改變並慢慢品味，直到
帶著香醇成為祭品。

2017.2.18傍晚於島

愛

愛啊！詩人的聖物
從你呈現一個精確的世界。
如果某一天詩人沉睡
詩將永遠在那兒，低語
像墓碑
像雨滴落大地。

2017.4.5凌晨於蟒山

最後的晚餐

在這個最殘酷的月份
他們從春天的雷霆
以及雨中來，

帶著冰冷的風和雨珠
來參加最後的晚餐。
暮色中，被草重新覆蓋的路上
驢駒自顧吃草
餐廳的門楣纏滿葡萄藤，
門敞開
空氣彌漫麥香
早就備好的皮囊裡濃酒醒著，
他們入席圍住燭光
像迎接即將來臨的日子
（正如今天我們吃著喝著
他們喝過吃過的那酒那餅，這已經足夠！）

釘死耶穌的不是他們
但其中有一個人出賣了他。

夜，潮溼的手按住我的肩
不想轉身，眼睛跟隨這一切
靜靜祈禱。

2017.4.13聖週四

朗基努斯之矛

深夜，革則馬尼山園
一陣騷亂
一個骯髒之吻，叫喊中
一群舉著火把的人圍上來
發生了什麼？
我惶恐地在半路上凝望那個
戴兜帽披藍色斗篷
緊緊跟隨他的人。

哥耳哥達的午後，「我渴」──
那黃昏，絕望和希望之間
他像樹映著紫色的天空。
我不認得朗基努斯之矛
但它刺透他的肋旁
斑鳩哀悼的歌聲和著
金色的豎琴
血水奔流……
那瞬間生命被推向了轉折。

聖母瑪利亞把兒子抱在懷裡
如今，已成為一座悲慟的雕塑
捧著愛給世界。

我的朋友們
此刻知情或不知情。
多麼奧祕，在大自然和
那麼多瑣碎組成的生活中
塵世的靈魂逗留在這兒
直到愛一遍一遍呼喚你的名字
就甦醒！是這樣吧？

而現在，面對罪惡的生長
以及良心的麻痺
使人難以仰慕基督的救贖。
他被朗基努斯之矛刺透
但這裡的人不認識他
時間認得他，世界旋轉：終結，開始
死而復生。

2017.4.14聖週五

確信

一切都被埋葬了。

四月，大地被清晨的草葉穿透
一塊石頭從墓旁滾落
他復活了
留下白色的殮布
就像我們心中的老問題
殘存在那裡。

而最終我們在自己的十字架上
像米開朗基羅的亞當
伸出手，期待復活的主拉起。

2017.4.15聖週六

十字架的奧祕

拚命發芽開花
四月，獻上綠的祭品和
明淨的色彩
讓人感覺上帝的存在
然而信與無信是
自由的，存在規劃著日子
人們滿足於跟從習慣。

季節輪迴
一千個占卜師也無法告訴你
從哪兒來，向何處去
如今我們離塵土更近
而死亡不一定接近上帝
除非被十字架上的愛推動
死亡讓位

因為當一個人獨自面對死亡
將為每一樁惡行承擔後果：
為拆毀聖殿為釘刑
為迫害為殉道者的鮮血
為傲慢懶惰嫉妒憤怒
及淫蕩貪財饕餮
為身心內外一切的幽暗。

儘管少數人完全信仰
很多人半信半疑
我們用力搏鬥在死亡之前成熟
而死亡不一定接近上帝
除非穿越死亡
在十字架的愛裡完成你
也完成自我。

2017.4.16復活節

母親的愛

一

島上。清晨四點鐘
豪雨像飛梭抽打緊閉的窗子
我從夢裡醒來，想像大地
怎樣變成一片歡笑的水域
凝望窗外
兒時，雨中哭泣的我仍然
有母親打開的傘
跟隨我，在漂泊的世界裡
成為水域中的錨

二

幸福。因為有母親的愛
像含羞草，從未說過：
「母親，我愛你」
但只要你看到我
看到你的愛，在我的身上閃爍
就知道我內心燃著一團愛你的火

三

感恩。在愛的聖殿裡
沒有母親就沒有我
從你，我學會了犧牲與寬忍
母親說：「你是我的影子，
人不過是一塊泥土，
從生命的源頭裡學習感恩吧！
你是它的舌頭，我是它的嘴。」

四

言，從太初的深淵創造光和水
為了證實我們從拯救的羔羊那裡
學會愛的本領
讓我們成為羊的一部分
完整而潔淨
好使血肉都奉獻在上帝的手中

年輕的光

黃昏逐漸消失
夜，張開嘴

晚餐廳外，今夜沒有月光的麥穗
填滿它的飢餓
晚餐廳裡，我正在告訴留在我身邊
尋求麵包的手和嘴
怎樣為更大的饑渴而饑渴
吃喝什麼，才能養活精神
在今生安寧且永遠歡愉

於是，我留下了我
除了我，我別無給予

母親唱起安靜的迭句時，我開始
為心愛的門徒們洗腳，像是在道晚安

不，是離別前難以表達的愛
是我轉身藏起的眼淚
鹹澀的悲傷，真實如今晚的葡萄酒
或明天的血的味道
鳴響的愛，比必然刺透我的長矛
更深更痛

我遍嘗了人類所有的磨難

明天，遍體鱗傷的午後
把喉嚨交付給我

我被耶路撒冷舉起像垂落的果實
像人類的胚芽
當我高喊：「父啊，你為何捨棄我？」
同鄉與異鄉的人們尖叫：
「看哪，那年輕的羔羊！」
又一個明天，當埋葬我的墳墓

在晨曦的風中裂開
安息日，我同太陽一起復活
太陽對所有同鄉與異鄉的人們說：
「看哪，那年輕的光──向死而生的生命」
一個發光的聲音召喚的時候
聾瞽者也能擁有從永恆中湧出的生命泉

2009.4.6於島

歸途

到濱海站的時候飛閃的
景物
靜止。此刻突然
想到：人死去的時候，語言死去

像車窗外潮溼的
田野淹沒「大地」的詞語。

字母組成站牌
生活像厄裡浦一樣變幻不定
田野間點點的小屋像畫架
人缺席。那麼多的影子在消散……
此時樹濃郁，夏風跨過鐵軌不知吹向

哪裡，大地沉默而我知道
布穀鳥的歌啼屬於群山和橡樹林
人屬於上帝。

2016.7.11於天津西站

聆聽

穿過時間的針孔
沿著阿裡阿德涅之線
人類的第五季
在我們從未到過的地方。

當四季從四面八方將人們覆蓋
沒有人不匆匆離去
為了抵達那裡

天使閃著光合攏翅膀
用黑白色指揮棒
敲打每一個人的名字：
重新開始！
於是第五季的歌聲響起

上帝在聆聽⋯⋯

2016.8.26午夜於島

獻給父親

命定的存在裡
那個七月，在挽歌中靜息
父親是閃耀的淚水、鹽和羽翼。

在那裡，豎起木質十字架
孟伯多祿之墓

這是真的，生變成塵土
愛化作永遠的海

窗外，小船棲憩沙灘又跌進海
父愛，在我的十九歲
驟然停留。

時間攀升，會聚所有七月
現在和未來
每一行詩都渴望屬於海和海裡的鹽
且必將復活。

2017.6.13傍晚於蟒山

夏至後第一天

一

時間抽搐
那疤痕
是一道迎接生命打開又關閉的門
經過記憶和遺忘

依然敏感地預知陰雨天
等待伴著沉悶雷聲的哭泣。

二

風吹痛了雲朵
雨流淌
它聽不見自己的聲音
也無所謂飛濺或隱沒山峰，
而我細聽它的變化
編成一支太陽圓舞曲或
晚禱彈奏，
我深知雨天
和晴天有怎樣的不同。

三

傍晚
雨依舊像孩子的哭泣
不要試圖擦乾！
它是羽翼的變形
時而拂過髮梢
教我以一種全新的方式面對
意想不到的一切。

四

雨敲擊風
破碎而又連續的聲音，
詩就是這樣來的
像四散的鳥兒，從雲的裂隙
翩飛、鳴叫、搏鬥著
來到盛夏和你面前。

五

最後的雨飄落
池塘深處
升起一片震耳欲聾的蛙聲
為自己奏樂歡歌，
天空低垂
山峰的窗子緩緩打開
一陣粗糙的鳥聲越飛越遠。

2017.6.22於蟒山夏至後第一個雨天

啊門

一

一道光在黑暗中閃現
消逝
哐當……關門走了
天很黑。無邊的黑暗裡
蛇在草叢撒尿
這是聽到的最後的聲音
夜越來越深了
和白晝
相差的是永恆。

二

風猛刮……
閃電、沉悶的炸雷和暴雨
比鐵煉
更響地歡呼：
牢底穿！
四周沉寂
再也抓不住你

三

說什麼了？
什麼都沒說，
許多人在你的微笑和
目光中攀援
枝葉般生長的期待
「留下！留下！！」
一陣黑風吹走你的名字
它變成了傷口
向黑暗敞開。

四

像鏡子
令人戰栗。橡樹的濃蔭遮蓋它
霧中群鳥的回聲
司祭前兩天的預言
和安魂彌撒
此起彼伏，他飛遠了
向著自由。

2017.7.13深夜於蟒山

李浩

　　「光芒之中，我深愛深愛的人，

　　伸出雙手捧著我，讓我依靠」

作者簡介

　　李浩，詩人，1984年6月生，河南息縣人。曾獲宇龍詩歌獎
（2008）、北大未名詩歌獎（2007）、第15屆華語文學傳媒大獎「最
具潛力新人獎」提名等。著有詩集《還鄉》，詩文集《你和我》
等，部分作品被譯成英文、波蘭文、亞美尼亞文等多種文字。現居
北京。

相信上帝

在名詞世界裡女人製造層疊的可能。
這並非是性與愛滋生的火焰和颱風。
在這種語境裡我相信上帝勝於自己。

我們不能說鳥就飛行說月光就流水。
回回頭暈胃痛我都想冒險我都想逃脫
小蘇打和刀片。假借詩的名義模仿
爬行，在一個看不到邊緣的名詞世界。
在名詞世界裡我相信上帝勝於自己。

天空與白雲，峽谷與山峰，和諧可行。
讓清晨的臉在我的臉上一直保持上升。
讓黃昏代替夕陽那一次安靜地滾動。
在層疊的可能裡我相信上帝勝於自己。

滑落的鳥鳴，失散的花香，不歸的蜜蜂，
在失去平衡的世界裡，在失竊的時光裡，
如同往常，我的目光迷狂天書裡的圖像。

牧人的黃昏

沉默是同樣的，當你用別人的
母語自言自語時，我就走進
岩石中，點燃這座黑暗的房屋。
那房屋現在流淌光亮的頌歌，
就像在神的愛內飛舞的柳絮。
我站在我那強大的保障裡，
物體就得以展示出它的氣質。
我應該將歷史中灰暗的細節
拍攝下來，在你的眼前擴大它。
如同帆布上的投影，酷刑
就是在這個時刻裡，開始的。
我敞開額頭上吹起的波紋，
雷電在我身上穿行時的疼痛，
現在已是神的愛內飛舞的柳絮。

望彌撒

清晨如同蜷伏的幼蛇，
在聖神的呼吸中，
晃動著草木的葉片。

黑雨中綿延的祈禱，
和門外的乞丐，
在雷電中，呼喊石柱上

明亮的鴿子。我聽見
你對我說，「用你所有的痛苦，
用你基督的愛⋯⋯」

書信

我在日記本裡修建了一座花園，
每天傍晚都會有神降臨花叢間。

在這裡我們的每一個春天，
都像一條河流。每一個春天呵，

都會經歷高山、平原、丘陵⋯⋯
當她們流經沙漠的時候，

就是每天的傍晚，神降臨的時候。
因為愛，神在閱讀。他對友誼，

我們不曾察覺，但並不遙遠。
「那些花朵開放，青草生長。」

我要創造一個瓶子，裝下花朵、
卵石跟地上的種子進行的交談。

我看水

時光真像流水　　我坐在水上
我的雙手打開一本書
有一扇門立即跟著打開
我眼裡的世界　　我頭腦裡的世界
因此被這扇門　　隔開
我沒有煩惱　　也不在乎遺憾
我沒有想過要把這本書讀完
在開啟的門裡　　我的心不在乎
即將獲得一粒銀子
一點閃光　　我喜歡看水
讓這水　　能流多遠　　就多遠
就把我帶多遠　　我看水
一流而下　　或將永恆　　阿門

一個人

從珞珈山上下來，走在人群中的人，
他腳下的碎石小路，路上的臺階，

臺階旁邊的房屋，房屋身後的樹木，
珞珈山、防空洞、浪淘石、墓園、空氣，

都被一個人淹沒了，寂靜便是夜空。
我的馬路、我的鳥鳴、我的書籍，

我的村莊、我和我眼中的黑草莓，
我那山坡上的紅豆，都被一個人淹沒了。

難道那是雪中的鴿子？我來到湖邊，
我走進我的裡面，站在我這個點上，

帶著他的思想和身體，以及一種神祕，
歸向任何他想要的山楂，還有泥、砂。

一再地

一再地，我將手緊貼自己的心臟。
鷺鷥一再地，隱匿在稻田裡的
秧苗中。長久靜立之後，我仰望清風
和清風裡的水域。一再地，夜空下的光蟲，
安靜地起飛，安靜地降落。

我試圖改變鳥的翅膀，江河上的堤壩，
心臟的位置，我改變它們了嗎？
在這個上升的夏天的夜空，和眾多的星辰中，
她永遠不變。她的生命在無窮裡。
她還將使我們和眼裡的靜物更新。

是誰在掌管我在這裡言說的一切？
我深知智慧在我們腳下的經緯上，
你用心朝向他，你便成了幸福的盲人。
在天命的形式裡，你將走完這路程。

旅人

樓梯有時候把你帶進虛無的心臟，
有時候它會把你送往出口。
我們：重複行走，反覆出門。
我沒有覺得自己在跟虛無堆砌磚頭。
在我的上空，總是有蒲公英
飛向白雲；而珞珈山上，總有
一隻鳥在傍晚和清晨、對著
我的窗口頌歌，這是飛向我的鳥。
生活給了我太多的恩賜，
我的世界，存活在啟示之中。
我是一個稻草人，但是只有上帝知道，
「我賦有人類未知的靈魂。」那馬上
進入黑夜的落日，好像大海口中的礁石；
我們也會被吞沒，晚霞形似鉛錘，
惟有是鳥非鳥的蝙蝠在飛。

晚晴

空中的閃電，吹滅了所有的星辰。
這夜空，像一張正在受審的臉。
我們在這張受審的臉　這麼大的
天空裡收穫死亡和滾滾雷鳴。

樓群被陰雨天氣圍困，
合歡樹在滿天的馬蹄聲中含香盛放，
房屋裡的燈火和晚餐的禱告，
在黑雨中相遇永恆的天空。

靈魂

秋日裡的湖泊，聚齊了耀眼的芒。
那——石中的靜美——
她們天生土地的遼闊。
她們消失於任何，看見她的物體。

她不可言說，似乎比以前孤獨得多。
她在心靈的上空，為安然的死者，

頌揚他們家鄉的山水，
和山水中的信使。

當你把車、停在野地裡，
那闖入你視野的輕柔身軀
在高高的土壩上、在公路的邊緣，
她們在風中、如同空中的孤雲。

花冠

暴露在地面上的石頭與磚塊，
讓我親眼看到，我裡面的靈，

好像龜殼開裂。居住於塵土中的
時間，已經形成浩瀚的荒漠。

時間布滿我們祖先的肋骨。
你說，「地球在喝著人血。」

當一天的太陽升起，峽谷，清晨，
和我們，就開始了血的聖洗。

盛夏

風透過紗窗，吹在我光禿禿的身上。
山裡的樹林，在風中搖搖、晃晃，
沒有一棵樹是朝向我的，如果有，
肯定是林中的樹錯過了它的鳥。

我將剛剛剪下的指甲，放進花盆裡
充當養料。待我租下的天空還沒
償還之前，讓風裡的君王安靜；
我想動筆，讓神影響我心裡的淤泥。

時間之思

吹滅手中的蠟燭，時光就是它自己。
在它自己之中，盛開花朵。

吹滅手中的蠟燭，我們看見了人類世界，
都在你的懷抱裡，都在毀壞，

都在朝向死。

連同湖中的夜色，也在悄悄地向漆黑的子宮滾入。

漆黑中的手掌，張開的五指，
身處裂石中心，並靜止於——

你的面前，透亮的晶體。
你通過自由之手，雕刻的花斑螺紋。

春秋

你將秋天的雨，存入金庫
兩排楊樹指出你是一朵雲
你走在街上，捧著夜晚

從此晝夜不分。每個心愛的時刻
你都捧著夜晚，每個心愛的時刻
你都在雲中，折疊紙船

你站在夜空對面
孩子，幸福如同雨中的蘑菇
露出的蔚藍

禮拜天

這裡是街市，促銷的火焰，燒死草原。
這裡是人間，地心裡的陣陣風暴，
向外投放無數隻眼。市區荒蕪的空地，
射出明亮的預感。湧動的人群。

於嘈雜的鳴笛裡，工業的毒煙裡，
背負腐爛的身體，陪伴僵硬的情感，
加入死亡遊戲——駛過這間小屋，
沒有港口。人群裡，那個人畫出的

山谷，閃爍著遙遠地帶的轟鳴和顫動。
林地安靜，林中沒有鳥，只有路徑。
警醒如針，從安息松的葉片中飛過來，
麋鹿的心，在破裂的水邊，久久佇立。

風暴

黑沉沉的，一團烏雲下，打不開心願。
就連風，帶來的亙古之言，

也打不開。黑沉沉的，這團烏雲，
走動在你我之中。道路上升起的榮耀，

似乎眼前的明天。窗臺上的書籍，
於雲中，積攢的沙土，總使少年的心，

像光一樣，陷入茫茫、林間。而他的
田園空曠，空對著轟隆隆的海潮。

他們希望光輝，醫治山脈，讓身體醒來，
追隨那個死去的精神，進入風暴。

靈歌

每個夜晚，疼痛都在加劇。
我的頭，我的身體，
我的心靈裡，遊動著，
無數哭喊的鬼魂。

他們在哭喊中碎裂，
他們拚命地飛。
他們在哭喊與飛行中，
放射著恐懼與仇恨。

他們，如同火焰，
在我的全身，川流不息。
他們生於正義，
卻沒有正義之國。

他們在惡人的牢籠裡，
忠誠地工作。他們哭喊，
他們飛行。他們悲慟
他們的祖國，毀滅了

他們靈魂的居所。
他們在幽暗的世界裡，
懸浮在無底的人工絕澗。
他們呼喊，他們滾動太陽。

上苑紀

兩年前，如同一場大雨
許多往事，停在秋日，
讚美身體。許多往事，
沉入海底，打磨黑色的
礁石。岩塊上發出的

聲聲汽笛，如同山上的
棗樹，穿過了山腰，
卻被囚禁在山頂。
萬道金光，住在果實裡。
你從谷中來，歡樂之泉，
照亮礦脈上的荊棘。你夢見
地上的洋釘，如同蜻蜓
在空中亂飛。你夢見，
後山升起的雲被光包圍。

初春

屋脊上，懸掛著一道彩虹，
消失在你的途中，
而轉向另一座城市。
你在她的心裡，挖掘的
樹坑，凌駕城市的脊背，
鼓動群鴉的黑翅，
向土壤的中心襲來，
你聽到的，太陽一出現就昏暗了三次。
我們將手中吃人的
鐵器，放回沉寂的箱子裡。

深邃的腳踝、車輪，還有人群，
交出你，就必須跨過你，
樹枝上久久的歌，
頭頂上明亮的光，
拒絕生存，必須跨過你。

安教會[1]

和北京人一起，試穿上衣，
偌大的商場，偌大的教會，
如同一鍋撈豬的沸水。

沸騰的水中，漂浮的人，
如同死豬，在安教會的
領空掌管天庭，在我們的

靈內游泳。安基督之上，
雷鳴滾滾，從死者的
食道發出。我們的靈魂，

---

[1] 安教會，即韓國安商洪教會，基督教異端。

在真理之內，朝向真理，
匍匐在地。死者在天父眼中
將我們的靈魂，掛在肉架的

鐵鈎子上，任由無知的人
割損，買賣。我們的靈魂，
呼叫——主啊，「驚雷，
召叫驚雷，在以安基督的
父名求祈。」主啊，她們給你看
花和尚的簽名。主啊，

她們的鼻腔，口腔，耳孔
冒出濃煙。主啊，在你內，
她們將靈魂，獻給了東方的

金匣子。在你內，主啊，
她們脫掉上衣，從神的

門徒那裡偷換基督的真理。
主啊，阿爸父神，憐憫罪人。

日光之下

你讓他肉中，那個擴大的零安息。
你讓風中的孤墳，田埂，

愛情，在風中，與河流同寢。
草叢中的百靈鳥，蘑菇雲，

和矮小的山丘，縫補著過去的蒼穹。
而群蛇，蜷伏在盛大的

光輝裡，產下虛無之卵。它用時鐘，
丈量它的陰影。（痛苦的聖子啊，

在十字架上。）漆黑的葡萄枝，如同礦井
在地下，連成一片天空。

晨禱

我們面對著無盡的蒼穹，
生活在每天的驚恐中。

我們孤獨，我們邪惡
我們的心靈，像漆黑的礦井。

我們期盼的日光西下，
我們俯聽山風，
我們的雲雀，已經逝去。
我們的鮮花，爭執不休。

我們渴望你走進我們。
我們渴望穿過藍色的樹蔭，
躺在紫色的樹林下，
仰望你，愛你，歌頌你。

這一天你眾多

這一天你眾多，切割機
在晚餐的刀光下，
吃掉火柴，吃掉爭奪。

眾多的你，眾多的死亡，
靜止於瓷器的表面，
觀望下一個裸體。

這一天，眾多的你
上下翻滾，好像鋸片上的鐵屑，
吸收我的意志。

秋歌

秋天是柿子樹上長出的耳朵
神讓她回到了秋風中

打開門，空氣中淡淡的
芳香飄進神聖的殿宇

聖殿中的第一道金光
來自太陽，神從金光中走過

神沒有告訴她的天使
秋風中最後一根手指的使命

我相信那是神給我們留下的
最高一層天空。她回到了秋風中

藍天跨過淺淺的溪流
寶石美如蔚藍的天心

波斯風

田野和山丘，這對親密的戀人，
穿上節日的盛裝，在和風中，
用歌聲讚美，他們熱愛的國王。
異域的精靈，在他們國王的
田園中，也舉起了智者的杯盞，
唱著他們的歌，向國王致敬。

我是這片國土上的一隻山雀，
穿梭在荊棘叢中，一直沒有
尋找到生活中的佳人和歌者，
就挫敗了內心。但我沒有放棄。
我知道我要追尋的是什麼，我不懼怕，
因為絕望的路上，你是給予。

萬靈節

輕風中幽美的琴聲緩緩飄來，
聖殿裡的頌歌緩緩飄來。

太陽收下了最後一座山丘之後，
林中的石徑伸向星夜，

似乎完成了餘下的縫口。
蒼茫湧入，山峰的友人高舉，

金色的燈盞延佇。和平的慶典尚未開始，
空氣中的花香，便從石徑前飄來。

大地上轟隆隆的馬蹄，
是那雲中的盛宴。

在基督裡

這麼多樹葉，在銀光裡閃耀，
這麼多光芒，你看如此盛大。
金色的年華，像金色的葡萄，
在葡萄園裡，我夢見了果實。

這麼多果實，沉睡在竹籃裡。
這麼多果實，如同大地之子，
在森林近旁，山鳥的提琴聲，
已經圓滿；歸於森林的沉寂。

銀光裡的樹葉，用自己寫的
新歌來讚美，晨曦中的愛人。
光芒之中，我深愛深愛的人，
伸出雙手捧著我，讓我依靠。

第二十四個生日
──為小旭作

靈魂和肉體始終無法相遇。
精神是一座高樓裡的
第七個生靈。看得見，
黎明是從蘋果樹的

身體裡滲出的。看得見，
你從七樓高的絕望中飄然墜下：
那一片片黑色的樹幹，
從你的胸口內長出；

你眼裡的餘光是你抓不住的樹枝，
在很高很高的地方撫弄陽光。
你在茫茫的黑夜裡，
流淌著自己。你不倦地

向著朝天空豎起的馬路努力，
你緊緊抓住歌唱的瓢蟲
白色的大衣。你說「謙卑尋找，

必得尋見。」來自天上的愛，
便將你完全照臨。
你面前飛舞的天使，
結成長隊如同一盞路燈。

天使們

我過早地將你們邀請到我的
城市裡來，因為我想和你們
生活在一起，因為我想

從你們的歌聲裡，獲得來自
上主的能力和愛情。因為我想
知道你們如何愛神，你們

過去的甜蜜生活。我知道你們的
身體，是天主恩賜給我的語言。
我看著你們不熟悉的河岸，

向你們走來。我確定我和一排排
楊樹，在你們祈禱的地點，
圍成一個圓　目極千里，

平靜的草坪好像藍天，看不見
點點微瀾。你們在羔羊的草原上

奏樂，你們低飛，你們從光明中飛來
守護我們跌倒的愛人，
和我們心靈裡受傷的父神。

死者的黃昏

雨在洗刷死者的黃昏。我靠近主人
和牆壁，面向火器，等待它，
炸開鰻魚，讓江水翻騰。我進門前，
他穩臥於蛇皮籐椅上，如同空寂。

他雙目緊閉，他的臉上寂靜的
如同溪水中的大理石截面。
我小心地在他對面的椅子上坐下，
清理茶具　收拾垃圾　看看股市

和編造謊言的報紙。我在他的臉上，
探不出高崗上，墓碑的心臟病情。
我泡好一壺茶，用紙巾擦擦手，
準備去處理堆在桌子上的，雙休的

預言和波瀾。深夜的井口，和此時的
眼瞼，彷彿海面微微張開。我起身，
將昨天收到的邀請函遞給他。

他沒有說。我坐在那裡，看著火葬場的
煙囪直到白煙升起。我看著腳戴
鐐銬的海鷗，在呼喊上帝。我看著
沙灘上，那些被海潮帶回大海的

一行又一行的醉蟹。我沒有問，
他沒有說。我靠近窗口，
從西山傾瀉下來的黃昏，籠罩住
我們的器皿。我偎依著牆壁，

看著最後的餘光，都在向躺下的
屍體聚攏。他說「老虎的斑紋，
從不懼怕星星。」他說「鰭翅上掛起的
紫色黃昏，終將會暗天心。」

青春詩

雨中的梧桐樹雨中的細雨，天上的朝聖者，
如同綻放的玫瑰，聚集在上主的樂園裡
和枯死的樹枝上新生的根芽
齊聲歡唱：阿肋路亞。

風雨中你從南國來到北國，你從雨中的水田連成的
大片汪洋上來。你從廣袤的大地上歡快地飛來，
風雨中你心中的海棠，永不改變。

你飛過大別山你飛過農田，你飛入橄欖樹林飛入花園。
你站在陡然豎起的石碑上，你以神的名義向深谷祝福。

讚美詩

高原上的積雪崩潰了，你的河流在我們的內心復活。
你讓我們和你的福音流向地極。

你讓死水中的枯木，露出新芽。你的憐憫使土地生育。
是你的光明，餵養著所有的生靈。

你俯聽藏在林中的野鳥歌頌你的聖名。你讓狗獾
從洞裡跑出來，在草地上，歌唱新人的婚曲，

在你的光明裡。是你讓我們的心靈之城，永遠盛放著
天國裡的八種玫瑰。你把你的孩子們，

放在大地上生活，你告訴你的孩子們，大地也來自於你。
你命定日月星辰，守護著你的孩子們。

你掌管著宇宙，掌管著風雨雷電，掌管著氣候交替。
我們的天父，你的一切作為，

是將你的孩子們，全部帶回你的樂園裡。天主你讓我
在你給予的生命裡，看到了黎明活在蘋果樹裡。

白色峽谷

一

我做的就是要把身上的泥巴洗盡，
具體用什麼方式當然需要你的滿意。
聽啊，天空在我的腦子裡叫嚷，

我的世界，藍裡面透露藍。
啊，那不是希望，無非是微風
吹動，山谷下面百草生出百草。
此刻，我手握鐘錶，坐在清晨
深處，探索聲音的源頭，張望
一片蒼茫：不要把她拉近你身邊，
她隨時都會在某個眨眼間悄然消失。
那顆智齒，它那可怕的根莖提醒過你。
啊，把心打開：進駐耳中的鳥鳴。

二

天使在我頭頂飛行，大地翻動著
肥胖的身軀。那些尚未認識美的
人呀，偶爾流露「美的恐懼」。
那花蕊的馨香，那絢爛而溫柔的
笑容，難以拒斥心中面臨的巨大
悲傷。「我的同類所擔憂的，
也是我冥思的。」我內心世界裡的
人民，慢慢地形成龐大的群體，
為我們信仰的天國，為飛翔的天使，
產生激烈的爭執。啊，不要抑制
那個調皮、淘氣的自我，
大口大口地吃掉虛榮、華美和欲望。
在慌亂中，你會把自己、把鯤鵬、
把河流中的魚，交還給大地的神經嗎？

三

你躲在小小的肉身裡面，營造自己的
空間。你面對天花板。你癡癡地發呆。
你對岩石缺乏信賴。你喪失了
自己唯一的家園：那唯一的。
你看地面上的蚯蚓，在一個時間
和一個意念間，嘎然中斷。寒冷來臨，
虛無的火焰，靜寂的呼吸遷入鼻孔。
啊，白鴿的翅膀張開，停在神祕
拉開的刻度。葡萄樹上滴落的露水，
使得山野驚慌，人馬翻騰。
相信季節吧，每個季節都站著一頭
咩咩的羊。你再次相信，再次拉開
尺度，就連釘在蒼穹中的釘子，都不敢
怠慢你凝視它們每個釘子時的眼神。

四

我在旅途中遇到一粒種子。
我彎腰拾起它，裝進胸前的口袋。
我深信，我拾起的是一棵大樹。
因為一陣風，我深信在這棵大樹下，
一定能看見：你回家。
風剝開我手中的洋蔥，迎面
湧來的威脅，使我加倍傷心。

風,使我成為歲月的象徵。
因為風,視窗一直都是敞開的:
樸素的生活,如同流水,清澈
而安謐地流淌;如同闔上大鋼琴的
蓋子。因為風,我絕對象信,
那棵大樹會結出,箴言的果子。

五

紅色:「啊,火。是的,烈火。」
黑色:「器皿的粗糙的言說。」
白色:「我雙眼中的偏執長出一段誡命。」
這些來自一朵玫瑰,來自大地肩上的披風。
夜挺起身子,像一種營養,充盈著世界的空間。
一種母性的臉,在你們面前像燭光搖曳。
那繼續深思的火焰,溫柔地接近幻滅。
美,使一顆孤獨的心腸加劇了疼痛。
我要追尋襲擊我的瞬間,當我握住閃電,
地面的流水,在奔騰、潰散。

六

我的眾多尚未安寧的命運　宛如
北風捲起的鋒刃　掛在牆上
我的隱祕就是「黑暗」對我的掩護
而生命腐朽的外殼下長出一棵野草
大麗花惹人喜歡　她的淫蕩

使我不能放聲歌唱　可我渴慕
你的心　我也不為你
唱出的悲苦　流淚　我的生命
在期待中淤積朽木　但是我仍然期待
我虔誠的呼吸　能夠說話
因此　我說：向牧童學習吧
牧童口中響著一串串玲瓏的小曲兒

七

園子裡　樹上的果實喜悅
其實　我就在那眾多果子
中間　不要漏掉我的身體
我的身體　像夜
頑皮地向上張開姿勢
夜　不再是我的證詞
我、不再、活在視線的牢籠中
我能夠保持充沛的生機
在工作中　請精確地測度我的身體

八

山石高昂，拍擊著胸膛
他們在迎接鮮花綻放
和喜悅的成長。聖徒們的
思想、光芒在此刻聚集，
而且緊促地立在王的

弓弦上。那飛矢不動,
將令仰望者在毫無察覺中
跨越自身。我們的生命,
那個使我們停留的豁口,
已經消逝。聽,誰在喊叫;
誰的手舉起最後的漿果;
紫薔薇開在眼前。我
身如柳絮在微風裡感恩
這已經說到了話的盡頭。

我的馬是我的故鄉

我的馬是我的故鄉,這馬的名字叫啟程。我住在夜晚的身體裡,
我的家也在那裡,夜晚是從我的家裡跑的,她是一塊紗布,
像馬加達頭上的國旗,一陣群飛的鴿子。在這紗布大小的天空下,
剛剛死去的我遇到一場淋溼樓群的大雨,我望著夜晚、伸出
凝視的舌頭,「這麼大的雨是多麼大的謊言啊!」我血液裡的鹽
因此滲出肌膚,形成一個個晶瑩的湖。現在,這幾天,
風一直在風裡嘶吼,像一大群為情侶廝殺的雄獅。

我的目光緊靠大樹,其間藏著搖擺的鐘,受盡凌辱的木頭,
站著多麼像一個女子。我能做的,我只能面對地上的洪水喊叫,

讓水面上浩大的宏亮的波濤，撫慰我心；而我的眼前，
一面鏡子睜開眼睛，一幕少年的青絲如雪，哦、白雪。
我坐在一個剛剛死去的人的頭上休息，他沒閉上的眼睛，
是我的深淵，雪色是月亮和星辰溺死在深淵裡的骨骸之光。

我的意識，像一根繩索，伸進了一口井裡。頃刻間，
蕩起的回音在井底，千軍萬馬的鐵蹄、齊飛似箭，
踏平了荊棘、雪山，吞併黑暗。天地之間，恍惚是一個清晨，
在我眼前；那個巨大而通紅的太陽，他是我追趕的方向，
他是一個具有永恆力量的磁場，通過一條不生不滅的生命之河，
他召喚我；時間的每一步都在探試，為了斬斷掩蓋真理的藤蔓，
讓我們在岩石上加速奔跑，讓山石為家園拍擊胸膛。

此時，風成了黑天使們的披肩，風在黑天使的驅使下製造喧嘩、
詆毀律法，在喧嘩之中，有一種、並且只有一種聲音，
她來自岩石生出的誡命；我的大腦裡有無數燃燒的火球、滾動，
在我的肉身和心靈上，你並沒有因為我患有毒蛇的恐懼而隱藏
起來、不給人們看見：通往黑暗之門的，已經為任何一個、
願意敲門的晚霞敞開。可是，「惡魔之眼」，
從不願意放棄對我等的監視。它騙取懸崖絕壁上盛開的鮮花，
誘惑她們議論美。這牙齒的根部潰爛的原因，
強迫我的舌頭讚美、死亡這個「黑美人」飄動的裙裾。

罪惡——並不在舌頭本身。當你的心，在石縫裡長出了新生靈之時，
江河、山水、草原、冰雪、朝露，天使飛過花蕊饋贈它們、唯一的

香氣；可是，因為嫉妒而成為了荒漠的、因為爭執所發動的戰爭、
因為不忠引起的背叛與咒語、因為妄想使黑夜吞滅的世界、
因為地獄，這些都是天國存在的見證，如同礁石垂直於海平面。

我認為我冥思的、擔憂的，一直處於一致。
我穿上河流的鞋子，這才充分地認識到，
我們的內心，是一個碉堡，那裡面的全體人民，
像大地上盛開的鮮花，舞動身軀、同聲讚美他們頭頂上的至高者。
但是，在另一個側面，我們信仰的天國裡飛翔的天使，
也經常受到敵者的攻擊，在你我這血肉之內，
眾多力量在那裡對弈、爭執。火焰，似乎開始。

那飄飛的炊煙氣息，那距離我遙遠的人呀！
在積雪覆蓋的茅屋裡，雪上存留的、
生活在深夜的幼獸足跡，啊，
大自然命令我想起我喊叫的夜晚：我深信閃電、
雷鳴會把我封存已久的語言，連同我的音樂，
全部帶給你頭腦中燃燒的火焰——天堂的火焰。
為了讓人類的漢語誕生，我用斧頭劈砍牛鬼蛇神；
我的命運註定在我抬腳的時刻，蜿蜒成山路的命運。
在沒有蒙恩的歲月裡，在腐爛的屍體逐漸變成牛屎糞的人間，
我一直搬運著石頭堵塞自己的胸口，我一直都不忘記、
用清水款待自己高貴的額頭。在擴張的氣流之中，
白鴿用翅膀割開的界限，虔誠地讚美稀稀落落的村莊
和安詳入睡的山谷、溪水、樹林。

火焰在這個時刻，讓我意識到空虛的深度，
我們陷於此地之時、每一寸寂靜的呼吸，
都不敢怠慢釘在蒼穹之中閃耀的繁星，
他們好像是夜晚的眼睛，他們看著地上的一切。
如果你深入青銅的底色，那便是你我的象徵。
但是在進行晚餐的時候，請擁抱餐桌上閃爍的器皿之光，
與他們一同讚美。視窗每時都是敞開的，
像一顆熱情的心，請不要擔憂、我們的
讚美詩和鋼琴曲，——我們敬拜的聖神一直在俯聽我們。
把臉上一天的灰塵擦掉吧，還有那來自塵世的惶恐、煩惱；
你還在追趕切入你腹中的來自異端的思想，
或者你仍然無法撫平人生中眾多的不幸和噩夢？

讓生命在這裡枯朽吧，看，「生命腐朽的外殼下長出一棵野草。」
有時，嫉妒是藏在生命裡的一個細節！這個細節，
如同你一直惦記的少女，遏制不住她在體內瘋狂地無期慘叫。
在生命的管轄上，往往都是光輝、毀滅了欲望；
那在詆毀真理的人，卻不知道自己存在的空間，
對他們足下之地已經喪失了信賴。而荊棘叢中閃耀著的露珠，
像葡萄樹上的葡萄，一首首美麗的俳句式的箴言；
我已經沒有多餘的理由，面對恩典、自由不去領受。
我正在經歷一場不滅的大火，在年輕的生命之旅中，
像一個徵兆，我愛這一個精美的徵兆。我多麼渴望英雄誕生啊，
英雄是我的朝氣、是我的營養。恍惚夜晚就是我的英雄，
寂靜中的神祕許諾帶著慰藉，像夏夜手中的一把蒲扇。

跟我來到山崗上吧，站在風裡凝成雕像，俯瞰我們的領地；
你看，樹上的果實搖晃著喜悅的頭腦；你聽，岩石已經舞動身軀，
它們在為我們的君王歡呼。大地的奉獻，正如那盛開的、
花朵的奉獻。在我們的生命裡，因為無知、因為狂妄、
因為不義……被戳穿的偶像、虛榮，像威脅骨肉的毒瘡，
獲得了至高者的榮耀而得赦免其惡。你看——花朵奉獻的芳香，
眾鳥奉獻的頌歌，同時也是大地的奉獻。他們，
好像升天的聖者；他們與聖者之思、匯集成世間耀眼的光芒，
緊緊地「立在我們偉大君王的弓弦上」。「誰的手舉起了最後的
漿果。」我在教堂裡祈禱，靠近我的痛苦，在陽光裡顫抖。

李建春

「歲末。一年之命已具結，
天命卻懸著，這頭頂，
早已不是空蕩蕩」

作者簡介

李建春，生於1970年，詩人、藝術評論家，現任教於湖北美術學院。多次策劃重要藝術展覽，詩歌曾獲第三屆劉麗安詩歌獎（1997）、首屆宇龍詩歌獎（2006）、第六屆湖北文學獎、長江文藝優秀詩歌獎（2014）等。著有詩集《下午的檨樹》（1990-1998）、《嘉年華與法庭》（2000-2010）、《長詩五種》（2003-2010）、《站立的風》（2011-2013）、《別長安》（2013-2015）等。

基督誕生紀

你：耶穌
她：瑪利亞
我：若瑟

一

我已早早地收拾好謀生工具，回到
她在納匝肋的火爐邊；給鋸片松了弦，
把墨線晾乾，旋回墨水匣，小心地放好，
不擔心斧頭或鑿子會生銹，任其自然。

所以我辭謝了最後一個主顧，一直
送到門外，我的心默默地抖顫，
或許下一個春季又開始平凡的真理，
但此前，我要一心奔赴神祕的喜宴。

他就在我身邊，安靜地臥在母親胎裡，
可愛的小人兒，為了跟上你，我從這一家
到那一家來回忙碌，使出全身力氣，
如今，你已大到要我默默地坐下，

默默地看，一切勞作都嫌太慢；
因為你已快了，我要靜下來守候，

白天緘口不語，夜晚總在你面前，
警醒地聽，熱切地喚，為聽你吩咐。

為了追隨你奇妙的動靜，我盡力刻苦，
我的雙眼時而向後，時而向上，
望著天空，且在星辰之間繪出藍圖，
好像我親手為你做的溫暖的小床。

我伏下身子，好像運動員站在起跑線，
我的心跳如此狂熱，要與星星比賽？
星星的心跳是冷的，我以熱血作本錢？
但命運突然加速，幾乎把我嚇壞。

傳遞命令的信使抵達小城，各家各戶
都聽到了馬蹄聲；消息像一陣雨點
把我擊倒，主啊，為什麼我這樣糊塗？
是你甜蜜的小腳忽然踢中我心尖。

消息好像一陣風掠過沉靜的湖面，
使她從深湛的閱讀回過神來：「若瑟，
什麼事，這麼慌亂？」下午微暗的光線
掀起波瀾，在剛剛讀到的聖經的一節。

我注視她隆起的腹部，亞當背命的脖子
湧出洪水，亞巴拉罕睡在混亂的村莊，

半夜裡醒來，雅各伯憤怒地與天使角力，
要拿出勇氣，祖先的血在我體內發亮。

我看見達味解下頭盔，端起一碗水
奉到生活的主面前，啊，多麼清涼！
那滿足的「嗨」的一聲嘆出的永久甜味
流進族譜，我已明白承擔的方向。

消息好像十二月的雪覆蓋了火爐，
所以我們輕易地放棄了一室的溫暖，
是啊，我們已很窮，但窮得還不夠，
待我回頭後我要帶回我們的平安。

我清理好房間，把財產分給窮人，
牽來從未懷胎的母驢和一匹驢駒，
我扶著她，她扶著唯一的生命，
遵照命令，我們踏上了回鄉之旅。

二

我們在黎明時分起程，天氣乾冷，
只有少許的晨曦越過陰沉沉屋脊，
映在街道的一側，刮了一夜的風
使路面幹了些，但車轍裡還有殘存的水。

我時常低下頭，留意她坐騎的蹄子，
遇到反光或拱起之處，就小心地引開，
開始時光線朦朧，黑暗從兩邊擠逼，
直到把我們擠出街口，路面才暢快。

一股風迎面沖來，掠過我們，身體
撲在瓦上，好像肺病人空洞地咳嗽，
又像四腳朝天跌倒的人，咬牙切齒，
我吃驚地回轉頭，望著她，和她身後。

哦，沒有什麼。哦，我們的雙頰
掛著吹彎的淚痕。驢駒嘶嘶地揚起蹄，
沖到前面，我趕緊跨出一步，扶住她，
藍色的大氅一時遮住了臉，像旗。

驢子停下來。我虛驚了。「你還好嗎？」
「還好。何必擔心我們。」她垂目。在動物
呼出的純潔氣息裡，我們寬慰地笑了。
太陽正跪在山頂，天空開朗而蕭穆。

萬物已到了封齋期，原野脫下裝飾，
因為上帝拒絕世界的光榮。不遠處，
一股細瘦的水沉咽著，在隱沒的溝渠裡。
沒有風了。我轉身，再注意腳下的路。

一條廢石頭鋪就的小路，踩在上面，
像數著聖者的肋骨。先前走過的腳印
已讓雨水和風沖掉了。多少留戀，
多少衝突在胸中沉下來，等候更新。

三

我們走在一個民族的憤怒的時期，
帶著隱祕的歡喜。有多少人與我們同行，
在熙熙攘攘的路上，承受帝國鞭子的打擊。
但是漸漸地，我們走上了獨特的途徑。

因為理解的道路寬闊而無望，當理解
是恨時。我們可曾錯誤地點頭、苦笑，
背著包袱走開？來自同胞的愛
怎麼能拒絕？心中真理又怎能說出口？

灰色天空的政治竟剝奪了我們力量，
使我們如此空虛，渴望比仇敵更狠？
把家鄉當成異地，把異地當成家鄉，
什麼安慰值得我們如此認真？

我們卻低下頭，全心關注一個胎兒，
他就是真理，這超出了平常的理解，
他如此嚴肅，在眾聲之外葆有沉默，
他如此苛求，只有母親的純潔才是世界。

四

雪抹平了我們的深度，把溝壑填高，
讓山嶺低頭，平野的輿論陶醉統一，
侵蝕了河的邊界，空無一物的閃耀
讓世界冷到骨子裡，人和物沒有差異。

我們沿途收集低語，是溫暖而不是
寒冷驅使我們靠近這龐然大物。
稅關在城市入口不遠，我們抵達時，
一條長隊被打哈欠的拱門吞到尾部。

低級稅吏高聲詢問：「戶口？家族？」
毫無疑問，我們都是流亡的本地居民。
戴肩章者冷笑：「一個高貴姓氏的沒落戶。」
他翻到厚厚卷冊的末尾，蓋上印。

手續很簡單，沒交多少錢，哆哆嗦嗦
等候的時間也不久，我們就進了城。
舊街道喚醒飢餓：陌生、詫異、冷漠。
所求的只一片麵包，熱氣就著冷風。

「瑪利亞，自從我們走進這片黑白
分明的地域，我沒有聽見你說過什麼。

為什麼這樣憂鬱？把你從不缺少的愛
帶給故鄉，我當然願盡一分職責。」

那匹歡樂的小驢駒跑到哪兒去了？
我終於離開了站在一棵樹下的她，
走向城區的模糊地帶，我的兄弟和
親戚們住在那裡，在時間長長的陰影下。

你們好！願你們平安！多年漂泊之後，
我看見了家鄉——應許之地，願你們平安！
哦，我帶來了天國寶貝，請你們收留，
請品嘗聖愛的果實，從現今直到永遠！

為什麼用迷惑和呆滯的目光看我？
莫非我空空的行囊把你們蒙蔽？
我的心裝滿呀……親愛的，莫讓歲月再蹉跎！
請你們溫暖我，接納我，以記憶和良知！

五

你，留守之地，我以歸來者的喜悅
問候了你。哦，你們，我的親人哪，
聽吧，我抱著喜訊輕輕來了，當雪
落下時，你們擠在一起，黯淡而沉悶。

屋子裡彌漫著煙和水汽，一張張臉
圍靠火塘，都黑裡透紅，言辭樸訥
而含混，勞苦、失望、怯懦和自尊使視線
低垂，嘀咕著「對不起」，卻掩不住尷尬。

臨別時一個孩子的聲音安慰了我：
「叔叔，你還會再來嗎？」我在門外佇立，
落淚，或許再來的將不是我，而是另一個，
他的來日我已看不到，而你們是兄弟。

暮光中泛白的路像我們過渡的一代，
寒冷蕭瑟地伸著，我走過一間間客棧，
踉踉蹌蹌，感到那麼沮喪，那麼悲哀，
一聲聲「這裡客滿了」的鄉音顯出荒誕。

在這座早已不屬於我的城市我還要
呆多久呢？或許我們唯一的聯繫是強迫性的，
它強迫我的，我已順從，別的就一筆勾消，
除了禮貌地對望著，我能強求它什麼？

批判？拯救？啊，從受挫的自私
湧出的願望多麼空洞！我是否真的
說出了這些詞，當西風捂住嘴巴之際？
我一無所長，只有祈禱和守候，默默地。

在這座城市，每一熟諳的面孔、窗戶、
飛鳥的掠影、我走過的街道、場景和細節、
情緒，有時親切有時陌生，石板路
發出青光——這些竟變成沉重的雪，

落在肩上。彷彿我長久瞻望的對岸的樹，
那安閒的形象，與熟悉的笑聲一道，蕩盡了
葉子，在天際縮成一線，直到空無。
心，黯然無語。白茫茫地一片：我活著。

六

在城郊的山坡上，有一處僻靜的山洞，
洞的周圍生長著榆樹、樅樹、橡樹，
謙卑的灌木叢蔓延環繞，蒼勁的古松
緊抱凌岩，在歲月和天氣裡，深情低語。

如今他一定滿頭白髮，這是冬的苦痛
給他戴的冠冕。我這麼想起他，不是為他
洞明世事，深知寒暑，（自由自在的風
會來眷顧，）所以那麼堅韌和豁達；

奇特的命運使他站在那裡，寸步難移。
愛，牽扯他，抓住了他，他把根須
深深地抵押給泥土。虯曲的樹幹，松脂
芳香的淚水，掙桀和張望賦予的角度。

他的肩膀和肘部跨過拱起的空虛
傾斜，細密地梳著流過指尖的風，
在邊緣；孤獨地面向天空搖動話語，
從危險的下滑之地，以常青的韻律高聳。

七

我能記起早年的生活，當西風或東風
吹襲領口之際，我沉吟著，臨窗獨坐，
習慣於雙手攏袖口，在回家途中，
從熟悉的意象或聲音片斷裡穿過。

其實我並不在意生活，為什麼總顯出
心事重重的樣子？木工或其他雜活不會少，
我貧窮，但健康，從沒到缺衣少食地步，
慷慨大方，沒什麼前途，我微不足道。

我的雇主們並不瞭解，一個虔誠、
忠厚人的內心世界多麼美妙，我盼望著
且感謝著我一再返回的那個夢境，
就在城郊的山洞，一團火為我們誕生了。

我出身貧苦，但不乏自豪感，我的家族
長期以來是人們猜測指點的對象
（特別在國難當頭時刻），我幼年失怙，
由兄弟們把我帶大，獨自在山上放羊。

少年時代鍾愛的那片草坪後來成了
做夢的場景，前幾年我還特地去過，
一些樹，一些草罷了。陽光灼熱地照著
洞口灰塵，這裡仍然是時間的庇護所。

如果我能踏破漫長的成年的枯燥
回到這裡，我必須躬下身子，摸索著，
用心地適應單純的黑暗，尋找馬槽——
它靜立在原地，空著胸等待什麼？

彷彿等待時間重新開始。我的心
安臥近旁，如當年，玩過家家遊戲，
摶泥巴，搬弄沙子草莖，面對樹林。
一條平實的路通往這聖地，充滿活力。

我的肩膀已嵌入磐石的自我空虛，
所以我承擔著無語。我的肉身——
一個指示符號，記憶和希望像兩根鎖骨，
在連接的凹陷處——現在——哽咽著讚美的歌聲。

八

從郊區滑向城內的雪斜斜地落
在地上。自責的情感，吹毛求疵，向粉末狀
白色的碎屑，在無意識卷起的風裡。寂寞
像一張弓，僵硬得拉不開。下午的陰暗

在封閉的動機裡凍成水晶，鬱悶
燃燒著，無力的蹀躞，那麼單調，像靶子，
空蕩蕩，無人射中。黑暗中敞開的門
依舊黑暗，事物表面，無人喚醒記憶。

回聲像求愛信簽名，我一無所獲，踅過
寂靜的長街，像期末離校回家的學生，
背著試卷上羞辱的零蛋，藏藏躲躲，
遠遠地，直到看見家的方向亮起燈，

映出母親焦急的身影。一想起瑪利亞
我就加快了腳步，以至於在不長時間裡，
發熱的四肢感不到冷的尷尬和其他
更沉重的預感，我小跑著，上氣不接下氣。

「若瑟，你回來了！」她壓低聲音喊道。
我把額頭迎上去，並且用眼角斜覷，
那一度交叉的雙臂攤開了，似乎在尋找
另一對不情不願握著冷風的伴侶。

「嗯。」我這麼應她。一個喝得醉醺醺的人
離開沉悶的酒店，本能地，沿著一條
似曾相識的路走到郊外，麻木的嘴唇
也會像我這麼嘀咕著，卻沒有意識到

一股異樣的空氣正緩緩拂過臉頰，
沁入肺腑，他張目四顧，發現綠野
竟這麼空曠，這麼美麗，靜謐中，夕霞
掩映著，彷彿從地的深處湧出和諧。

「或許這是天主的安排。」瑪利亞輕聲說。
我抬起臉。童貞女的眼睛那麼澄澈，
澆滅了一切煩惱。我主的母親走向我，
從我的肩上、頭髮上輕輕拂去積雪。

從她笨拙地挪動的步子我意識到
愛在她身上已成了肉體，成了負擔。
經過長時間耐心等候，她的手和腳
想必麻木了。哦，時候近了，到了傍晚！

白冷城上空陰冷的死如風的掃帚，
從似已遠去的山頭上回轉，掃出湖水
平靜的一半，心，從乾淨的雪地生出
顫栗，使我不由自主地倚著瑪利亞下跪。

她的淚水和我的淚水流在一起。
主啊，憐憫我們吧！為了她，與你血肉
相連的心，（你的血肉全是真理，）
和你即將降臨人世的喜悅，求你眷顧！

「從一棵老樹的根的附近生出了嫩枝。」
我聽到這聲音，驀然回首，不遠處，童年的山上
響著一片空明：我明白了生命的奧祕——
瑪利亞，我跟你走吧，沿著純真的方向！

九

我在前，她在後，我帶她到熟悉之地，
她領我往陌生的境界。城市被拋在後邊，
來不及欣賞俯瞰的角度，塵封的記憶
需要清理，以乾乾淨淨地，接納那安恬。

頹敗的景象真讓人傷心。鏟出封住
洞口的雪，扶好籬笆，灰塵和蛛網
密布，令人卻步，她的目光使勇敢的手
得到信賴：向前，願此地開出幽徑，

變成奧祕。我把石室擦得鮮亮，
清出馬槽內的雜草，彎彎曲曲的內壁
多麼可愛，這裡真像一個殿堂，
卻不完全由人工造成，更像自然的果實。

內部的滋潤使岩石的怒氣變得柔軟，
使法律成為空洞形狀，像一個子宮，
從日常飲用水到懷孕的羊水，它的來源
如果不是生活，什麼力量使正義感動？

她的時刻到了。我把她扶上墊褥，
渴望和顫栗，轉頭的一瞬……多麼笨拙。
盲人的手從貼身口袋內取出積蓄，
捧上櫃檯，我的力量那麼小，抖抖索索……

歷史在我無知的腳下斷裂。我的體內，
張開無數祖先的眼睛，哀慟的眼睛，
麻木無神地望向身後的一片漆黑……
支援不住空虛，我幾乎暈倒於奇特的寧靜。

熱烈得近乎膨脹，光亮起來了。偶爾
抬頭，我瞥見瑪利亞向上捋開的衣袖，
作勢擁抱……像天鵝展翅欲飛，諦聽，那麼
專注，彷彿從天際飛來一位伴侶……

我感到一陣輕鬆。耳邊響起讚美的聲音，
熟悉的音調，在陌生境況中，恰如其分地
說出時間內潛藏的全部衝動。我的心
隨無數聲音應和，不再有局外人感覺。

在深深地參與的迷醉中我分不清上升
或下降的火焰，一部分光變得那樣清澈，
使四周岩石脫離了物質的負擔，置身
於銀河的合唱，星光點點，無際無涯的夜

也圍著我們轉。一部分光彷彿在聚攏，
加強，我不能直視……從果汁四射的天國
平安內露出那枚果核，在瑪利亞的懷中……
我嘗到一絲苦味……感到驚奇困惑。

那念頭一閃。我看見……我的缺陷和痛苦，
像腳下深淵……海水湧入……我被喜悅
覆蓋，托住了。我不知道瑪利亞……那麼滿足，
彷彿實有和虛無的介面，我已超越。

我仍然跪伏。既然用四肢爬進了通往
天地萬物和一代代人記憶的祕密管道，
我就從未停止上升，用猛力，用頭頂，
撞破蒼天，在有引力的心臟的搏動裡舞蹈。

我知道瑪利亞……背著無數人希望和憤怒的
絕望的拔河賽主力，她，癡癡的目光
被看不見的繩子牽引，她在贏……身體漸漸地
脫離了地面，用盡一個星球的重量……

那光，彷彿在雙重的壓力下變得密實，
顫動著，滑向我們這邊。「主，我當不起的！」
她發出天使般的叫喊，什麼愛輕輕一推，
傳來哭聲：舍棄了，也得到了一個嬰兒。

十

我輕鬆地看見。終於……在我一生的錯誤
和跋涉之後，重新開始……我真的看見，
或許意外發現了迷失的東西，在中途？
記憶……我沒有準備好，為看見我的救援。

就這樣柔弱地躺在我懷裡，赤身露體？
安靜，信賴，與其說他是我的救主，
毋寧說他更需要我？一個嬰兒，哭泣
如細微的風，一個陌生的世界渴望安撫。

他的母親應和，簡單的唔唔的聲音，
有什麼奇特之處？彷彿天地之間
只有這節拍，你的吮乳聲蓋過雷霆
和世上所有的嘆息，這是我讚美的終點。

想起你那麼盲目地向兩邊尋找的嘴，
我就忍俊不住，哦，找到了，噙住了，
她的胸膛迎上去，奉出第一份獻祭，
這潔白的、甘甜的、無玷的，我主，你是否滿足呢？

我能拿什麼……當我在你面前，千言萬語
落在睡熟的微顫的眼睫上，幾乎聽不見

你的呼吸。我已那麼少……仍顯得多餘，
要輕輕地放下，像塵埃，圍著你安詳的臉。

你的搖籃是岩石，不可動搖，空氣，
貧窮的寒冷，堅固。用我波瀾的手
和胸接近你，小心翼翼，繈褓裹住四肢，
如初出菡萏，在時間的水面，一枝獨秀。

我能聞到的真理香味，是滔滔不絕的沉默。
一個詞，還沒長成，口水豐富的味蕾
已生出蓮蓬；撕開花瓣的輕響是罪過，
所以我耐心地涵養，期待的目光，向內——

直到看見自己從空空的心向外擴展，
那圓形的葉——光環——一度是你枕頭，
我沒有變得更小。所有到你面前
朝拜的人，都成了父親（或母親），自信地笑。

2003年8月

光榮頌

一

在謙恭地問候之後,那個曾叫
手杖開花的年輕人走遠了。
他拘謹而淳樸,言辭彷彿推開的刨花,
堆在他身後。一個木匠,
習慣於用繩墨丈量日常生活。

他的手杖已點中我的心意。
這意象曾分開海水,出離埃及。
我把意願藏在光明中:就讓他
做我的朋友,因為一朵花
需要綠葉掩映。我的責任對我說:
「你還要下到埃及去,
直到我們再一次勝利地離開。」

這許諾何時實現?我在此靜候,
望穿秋水。主啊,這卑微的肉軀
能為你做什麼?我早已習慣了忍耐。

二

晚霞，駐留在納匝肋這小地方。
這裡山崗平緩，像義人的胸襟，
起伏。落日靠在地平線上哭，
地上的草灑滿淚水。

這一天在先知書上已有記載。
那女子的禱聲是愛
所難忍的催迫。時候到了，
鴿子在親切的鴿哨聲中不能自持。

暮色四合，天國的門開了。
瑪利亞，你還在祈禱嗎？

三

我的愛人，讓我擦乾你眼淚。
你已打動我心，你的手臂
牽出我的愛，我要愛了再愛。
我的掌上明珠，我認識了你，
當我認識你時，我完全滿意。
你的心裝著天國之路，那是我要走的。

你出污泥而不染，在有罪的人們中，
如此勇敢。你時時處處想著我，
又歡歡喜喜地奉獻給我，滿足愛的焦灼。

我的愛人，當我欣賞你時，
已想不起別人給我的痛苦。
我喜歡與你並肩而行，甜蜜而完整。

我要到你的子宮。我的孩子
會笑得完美。我將和他們一樣
稱你母親，愛，就這樣得到滿足。

四

我們已經守了一夜。我們這些
天國的鳥啊，披著露水坐了一夜。
有一棵天國樹開花了，芬芳
把我們引來，結隊離巢。

為了採集讚美的甜食，
我們離開天上的家，
夜霧和黑暗沒有阻礙我們欣賞她。
但是，一想起我們受挫的愛，
露水就沾濕了翅膀。

原來從天國到塵世的路也是難走的！
我們的本質太單純，必須靠愛
超越自己，上升，
在熱烈的創造中獲得安寧。

美啊，用盡了全部生活的力量，
下降，讓愛成為那唯一的詩！

五

領：
歡樂啊，歡樂啊，愛情洋溢！
我親眼看見愛做了一件大事。

眾：
我要唱！我要唱！

領：
這件大事，亙古以來都在醞釀，
如今，愛因愛而獲得光榮。

眾：
愛，光榮！愛，光榮！

領：
我唱出一首新歌：「只有愛！」
愛無小事，愛做的事，都是愛。

眾：
只有愛！只有愛！

領：
我親歷了愛的喜悅和被愛的驚奇，
愛給的平安，不同於世俗的平安。

眾：
平安！平安！

領：
愛太難了。愛怎麼能成功？因為愛
沒有人理解，我唯有對你信賴。

眾：
要信賴愛！要信賴愛！

六

一股火焰把我抱住了，
抱住了！
夜空下無風，星星打顫。
你的聲音到哪兒去了？
我尋尋覓覓，甜味不散。

愛，提拔了我，
愛，把我拉長，
變成一座天梯。
我看到自己很吃驚：我的前額

架到天國的寶座前，
我的腳把地獄踩躪了。

我的救主已披上戎裝！
他竟沿著我
下到你們這裡。
可是誰曾想，他的戰車
就是服從，戰斧就是真誠？

他沿途砍伐，熱血沸騰，
像酒；他的身體也可以吃。
等你吃了喝了就知道了，
你吃下了死，喝下了愛。

愛刺傷了我！愛刺傷了我！

七

真奇怪呵，我們好像從未認識你。
你天天同我們在一起，像清水
流過溝渠。到頭來搜索記憶：
像一枚果核，你永恆地向著愛安住。

我們瞻仰你，像瞻仰完滿的童年。
我們分不清歡樂和痛苦，
讚美地敞開自己，任愛自由地流淌。

你永恆地走向我們，又永恆地超出，從不停留。
如今，你竟成熟到把天國
和我們的依戀放棄，
你已決定，你已下降，義無反顧。

在你的座位上，留下灼熱的空虛。
荒誕，攫住了我們。
哦，我們怎樣痛苦地匍匐，
為了追尋你的腳蹤，閱遍人間不幸！

從沒有人比你更低，
當你被高舉時。
你的心撕開了，像撕開一枚石榴，
爆出石榴無數。
溫馴地受人唾棄，優美地
落在土裡，長成參天大樹。

2002-2007年

我是誰？

一　我是誰

我是誰呢？如果不是你。
我是雕像，永無面目，除非──

刻，繼續刻，刻到地脈，
我找你，找不見。

你近無，非無。
深──我有你。
你是──我曾是──顫動的現在。

二　虧欠

我不虧欠這世界，只虧欠你。
群山湧動，你的形象
在我心中。淚眼看菊黯淡，
深冬的留鳥哀鳴。

我何故離你如此遙遠？
虛榮開敗，無一物
可以久存。寒空積玉。
你的掩面，喪失──

純粹的美。孤獨呼嘯。竹影映
南牆。我說：愛——
我說：是——
滿眼燃燒的荊棘。
西天風靜，彩霞明滅。

三　母親在電話中催促

三天前，母親在電話中催促：
「快回來吃鷄子……」我的心已飛了。
交接，收拾，留言，我與世界的關係
都在你眼裡。

四十年印象，人事，水落石出。
我曾試圖抓住其中的一些：
戀情，知己……驅車繞過阻塞，
郊區的建築忽然鬆開。

不潔，雜亂，但已可望見天際。
我們的信心像這城市的能見度。
小丘、平林入眼，展開如記憶。

家……父親安葬在背塆。
或許現在要

四　故鄉已是一片荒場

可是故鄉已是一片荒場！
有人破壞，無人建設，
有人砍伐，無人種植，
有人消費，無人保育，
這大毀滅幾十年前就已開始……

我的祖輩、父輩犯的罪，落到這世代：
他們有計畫地把山林斫盡，改成梯田，
如今連良田也無人耕種。
沿途所見，盡是茅草，小山包一年年稀下去。
一棟棟水泥立起來，卻依然是水泥。
他們心甘情願地被欲望驅使，跑到城市做賤民，
留下老人看守空蕩蕩的新家，
像經歷一場戰爭後，滿村孤寡。

上兩輩人毀滅了精英，滿腔合法的仇恨，
向全人類、幾千年的文明宣戰，
我們這一輩用吸引器、探針把孩子攪碎，
祭獻給欲望之神，
那些生下來的，落入愚昧……

年關已近，村裡一片空虛。
稀稀落落的鞭炮聲，像發自大地枯萎的胸膛，
他們正在各省的車站裡受煎迫……

五 季風為太平洋的西岸

天變了，地變了，經緯也變了，
季風為太平洋的西岸……恍惚的鉛錘
掠過天壇……廢除的訊號
多麼沉重。不破不立的使者，紅色的使者啊，
滿地蝗蟲……他們咬嚙了民族語言。

帶著羞恥的印記，我的祖先對你並不陌生。
大混合，大開放，邊緣
一再地僭居中心，直到舊皮囊再也裝不下
你的尺度。我何嘗不想回到陶潛的時代，
你卻允許那貪婪的搜刮
把桃花源的夢想也劫掠……
擠啊，擠啊，擠著錯誤的奶，為付之一炬的阿房宮。
兩千年未有之大變局，我們從未看見自己
像現在這樣醜陋。

檢討書上交了，還不夠，要再寫，一遍遍地
重寫。
他的稿紙上，閱讀的機構塌陷，像脂油雕塑
融化於全民交代的坩鍋。
非汽化訴說，決沒有諒解的沸點，只有烤焦的刻度……
罪的概念開始鞭打一個種族。

我體驗你清涼的滋味始於何時？
你的優美的黃金律落在我身上始於何時？
你的聲音不在旋風中，
也不在燃燒的火柱周圍⋯⋯
喧囂的現象過後，清風的低語，像嬰兒，
我凝神細聽，就聽見了你。

我舉目看見的駁雜，像這山川。開采的傷口；
盤山公路，水果刀繞著地球轉；
高架橋的龍門陣擺到地老天荒。我感到一陣暈眩⋯⋯
除舊迎新的拔火罐附在我身上。紅包裝著愛。
拜年——拜時間，
春節——春之祭。
弟弟放了太多的焰火，我的兒子嚇著了。
他不能理解，向天空開炮怎麼會是祝願？

但是也請你品嘗這陳酒，我的血液的習慣！
我的粗魯的韻律，一度雕謝於情欲，
竟不惜吞下大塊大塊的紅燒肉，
在12點審判之前，寫下對聯的禱文。

六　秒針

主啊，幫助我靜下來，認識——

秒針忽然跛腳的沙啞。
我臨鏡
看自己的欲望，倒退的虹彩。

七　我有許多不適

我有許多不適！這周身皮膚的敏感，
這萬種焦急，怎能就這樣捂著！
喝一杯茶強化它們，散步收集它們，
九月像孵我罪的母雞，有時輕輕把我攪動。
怎麼，清風——使我恐懼？我拒絕成熟？
陰雨天倒扣一碗隔夜粥，
我飽嘗了回頭的無味，和背棄真理的無趣。

八　我丟了身分

我作了一個奉獻，卻不知道奉獻了什麼，
也不知道為什麼奉獻，
我把自己整個地投進去了，
卻沒有人接受。

主，我能感到你遠離。
我的家人與我撇清了關係，
這件太個人的事情。世間所有的人
都在一個遙遠的地方呼吸，
——不，事實就在隔壁，
但我關起門，聞著自己，
變成一個動物。

我遭遇了什麼冷酷的東西？
我丟了身分。
我發誓從此不再回頭，不再受
舊人誘惑！

說真的，其實沒有什麼欲望。
我能想起的欲望，都滿足了。
我只是害怕我的心，一顆好奇心，
並不真的相信，卻總想探索一下
別的可能性。

九　貧乏

我用勁時太性急，不經意間又陷入無聊；
是什麼仇敵總在追趕著我？
我的生命，為何這樣貧乏？

我生於文革的中途，根苦而淺；
成長於學習恨、辯證法或強迫，
從鄉間土路的石頭
瞭解世界的物質性，
赤腳走過夏秋，冬春縮在舊襖的殼裡。

我追趕村裡跛腳的電影放映員，
講故事的輪子聳起時，扇形光
超越了灰塵飛蛾；

鬥爭的幻象在黑壓壓的人頭上湧動，
他們不知道自己是奴隸。

少年時代唯一的樂趣——用彈弓射鳥
或許受除四害影響，鳥屍的餘溫
當我會流淚後開始燙手，如今的我，
不敢殺雞、看血——
但是心哪，在計算歷史的方向時仍然那麼狠！

……不惜犧牲，用蠻力堅持生活，
如果我垮下來，你是否願接住我？

十　我跟蹌

你為我所做的工作，在我的身後化為湧泉。
我有時幻見其光彩，在夕陽下。
我跟蹌。所經之地，火焰跳舞，好像要狙擊我，把我的苦壓到你那裡。
我話不對題，急促，怎想到在乎別人的心靈。
你引我到你面前吵鬧。一邊在世俗間狂亂地衝突。
我樣樣都錯了，但是錯得高興，因為我糾正時，能感到你的柔和。

十一　風

你把我傾入世界，攪拌，且讓我看，
浸鹽的風吹動樹林，有手指蘸我嘴唇。

順從的水，叛逆的水，灰燼生煙。一千次
被創造之後，我水晶的心
在荒涼之上。

不是躲在萬物身後，是成為
道──一種缺失，
愛──像水一樣緊張！

我轉眼向內，裝滿風的格柵，
呼呼──我把握；強勁的
季節風，怒氣的、叫白髮轉黑的根，
在土壤的胎內，我把握；

敬畏的叫喊，飽脹的、急不擇言的對話，
我吞食世界、生命，我愛我自己的……

長翼，在我眼眉的兩側吹拂；
不看而知的領悟，再次埋入眾葉之下而
繁榮；一種雄辯，在危險的
城市景觀之上，風吹動地獄……

我哆嗦。趕緊縮回微小的芥菜子，
在一個房間內撥動筆套！
長長的祈禱，長長的吻，我深懷感激。

十二　夢後

一夜夢，一夜譴責。
醒來後嘗試著調校，發現我生活的基礎
有不可動搖的方面；有些的確是虛幻的，
但虛幻造成的結果，又是我現在的起點。
生活像滑翔的原理，不是我自己
決定了時刻，地點——
是否就當停在地上？我以為這缺少
勇敢和明智，只管享受被風
或別的什麼托著的安穩。我意識到
你，意識到信心，贈與者——
你的風度，能力和慷慨！一個什麼也不是的人，粗鄙，
卻想擁有你的……你也給了我。

你來了，卻並不具備世間一切美好，
你把光明的焦點，變成黑色的太陽，
阻塞了順理成章，給虛榮造成恥辱，
這打擊的妙理，頓悟，決不停止——
在我的躁動中，你是安靜，
在我的安靜中，你是旋風，
你的道理明瞭易行，你的要求卻是無限！

愛。我有時想到惡人身上的奇跡，
彷彿窺見你的奧祕。人的自私，

妄圖使你局限在一點上，
你卻遊離了，告訴我愛是創造，
你，萬物趨向的虛空，是玉宇澄清。

層層宇宙皆啟示。對流層：向上和向下的力；
平流層：在一個高度上狂飆，嚴厲，激烈，絕無陰影；
但丁的天使的真空：隕石的恐怖，純粹物質的
流浪漢，銀河和眾星系已擺好舞蹈的隊列，
呼喚與浩蕩相稱的愛……
一切科學發現都是隱喻。
在類人猿的脾氣中，我喪失了對自己出身的肯定……
這仍然需要信心，定義——
的確，你把我從灰土中創造，從糞土中提拔出來；
這鏡中容貌，這不可見的、只有生活創造才能觸及的內核；
地火水風流動的聚合，我的不穩定、不平衡的一生……
在多和少、有和無之間，你的噓氣是我確信。

我驚訝於真理的明確：耶穌，你生於一個家庭，
在宏大中，你以弱小接近了我。
我亦生活於此。在父母妻子中間，
我感到我們，竟具備了銀河的形狀……
你卻把層層疊疊的幻影清除。

主，你的信實就像你的肉身和傷口。
這首詩剛剛得到誕生的消息，卻怯於起身，
迎接和贊嘆……

十三　真理與謊言

今天，走一條真理的路。我能具體到的
人和事……太卑微了，不值一提。

當我實行時，有回聲在我耳畔；
有熱力從脊柱散到兩胛之間；
真理的形象，在我穿越的重重湖水的幕上
晃蕩；親吻的垂柳愛撫我臉。
我不在意祖國和時代，不在意
生態……在我所受的日常的
苦中，有洪波湧起，拍打礁石……

另一條路是謊言，有月亮懸在頭頂。
她能讓太陽底下的一切變成幻影，
變成未來的意象；
在這條路上，一個人不斷地制訂計畫，
但是意志竟耽於言詞的迷宮，
他咬斷了一根根線，向一個組織表決心，
向一面鏡子……下巴和臉頰
擴大……這理想，原來是宮廷的侏儒。

誅心之路的里程碑將被記下。
往黑暗的領域添加的資本，
到了某個可詛咒的關口，也會自動

運轉起來，他從此事事亨通……
像流水線吞噬女工的手臂，
地獄，在一個人的身上竟發出陣陣獅吼！

讓我們銘記這些不體面的細節。
不管他擁有多麼強大的
製作和傳播的力量，
看他放大的臉和縮小的身子……學會
尊重語言，尊重真理的黃金律。

十四　夜

今夜無星。無月。無愛。無恨。只有你。
今夜可榮。可辱。可進。可退。唯獨：不可以死。
其實可以死。死太早了，我要做很多事。
我要燃燒。我燒過很多次了，沒有燒盡。
不是殘存的餘薪，而是一次次，被你重造，添柴。
你看夜多黑。裡面有多少恐怖。多少人
窮了再窮，死了再死，如此酷虐，而我活著，因此這夜
成了你包裹我的，溫柔的大氅。

我驀然長成無畏的愛。
我要升到你面前，吸你乳，親你唇。
我有純潔的信念，必得善終。何必以世間作保？
形役未止。也不急於卸下。免得我真的跳起來，太輕浮。
免得我不能哭訴——至少在此刻，此夜
因我善哭而可愛。

十五 真空

我沒有談地點。我腳下的土讓出來，
形成一個真空。
愛，托起我，久久不能降下，找不到——
你呀，如果我的心傾斜，
我看見你在塔尖——杯口的高光處。

我不敢妄談你受誘惑。
那是怎樣的跌落。像一滴淚，從冰箱提出的
一瓶純淨水上
驟然冷卻的滑下！

我是即散的露珠。心情。來去不定的霧。
你的胸懷——真空。可怕的吸力！
但我是你的夢，你大腦溝回的一顫。
我是真形真體。
你的烏托邦是聖言。我為此而活。

十六 我仍然激進

主，我是不屈服的，在全部未名的碎片中。
我看——從我身邊走過的鬼，和各樣的痛，
欲指點，它們受驚嚇而退。
我搖簽鼓動詞語，詞語落地，帶著死。
我的筋絡全在上揚的曲調中，如馬尾。

你的青銅在十字架上。燕子從暮光
剪金色的受難投向我。
我仍然激進。雀躍於未唱出的讚美。
你曾背負的露珠,重新凝在眾草下彎的眉梢。
我欲動,霧氣拉我。萬家燈火喚我同陷罪中。
從一開始,你把我放入
高聲部,我頻頻跌落如聖體上的塵埃。

2009至2010年

街心花園祈禱

我怎能忍受,在彷彿被提高之後,
怎能再下去呢?怎能離開呢?
你說這是命令,「你要學著我。」

世界之美在你身內閃耀,你是為此而來的。
我如此難堪,我的上帝躲起來,在平常的
街道,在超級市場的出入口。

人群中我忍受。他們冷漠地走向
各自的洞穴,如當年,當人子被釘上十字架後。
你教我說那詞,對冷漠,對遺忘,說「愛」。

愛能熔化水泥，鋼鐵，玻璃。我愛。
午後的雲燃燒起來。貿易廣場附近的轉盤中央，
片刻的寧靜。難得的開闊地，天空

下垂並且傾聽。那雲如乳房懸在乾涸的
噴泉上方。人們離去，或步行或乘車回家，
我呆立在十字街口。我的嘴

如街頭雕像的嘴，模糊的視線中
沒有障礙之物。我的心大聲地喊你，
求你不要離棄。我竭力地搖晃身體，

「成了」，黑暗如漩渦捲入。求你不要離棄。
我的喊聲裡有憤怒和恐懼。我枯乾如
穀殼，腐敗如葡萄，在成熟的天空下。

午後的雲散去。求你憐憫我狂亂的心。
我學著你，這幾乎是不可能的。
我愛世界，就不能停下，
如你所命，我戴上了美的刺冠。
風吹在街上

風吹在街上，發出森林的呼嘯，
此刻，門窗緊閉，人們圍在電視機旁，
像回到洞穴時代，身上裹著茅草，
季節已突然變冷，沒有與我們商量。

想一想在外面，匆匆駛過的汽車，
行人的腳步踩著黑暗和寒冷……
說吧，再說一說，你知道我愛聽，
我願意與你回到從前，一起跋涉

那些艱難的時日，關於夢想、玩具
和丟失的故事。說吧，趁著冬天
說出你的過失，愛或希望，說下去，
不要服輸，直到你變成世上的鹽。

2000 年

陽光下的雪

一

陽光照在雪上，滿地的雪
提起逝去的歲月。
我試圖尋找它們，
白茫茫、嬌嫩的雪反光。

雪壓彎了樹枝，冰柱的淚水
垂向地面。生命裡

有一些僵硬的東西，
但並非不可忍受。我堅持到現在，

像抱住自己記憶的一隻蝴蝶，
如果沒有美的舞蹈
就不能活著，寧願
死去，直到在另一對翅膀下重生。

二

冰屑落在肩上，死的嚴厲鞭打我。
在廣闊的雪地，我承認，並敞開自己。

我站在翡翠的戰場中間，
放下時間的重擔，要成為陽光。

雪扎手。分不清冷還是熱。
當我體味痛苦時，像一個神。

三

水滴落下以靜止的速度。
我讓出，讓出，直到一無所有，
為了領受你奇異的生命。

朋友們遠離了我。再次
選擇是殘酷的。
我宣誓，以愛的名義。

寂靜中，我的手摸索杯子，
我喝下刺穿胸膛的長槍。

2001年

蘇堤的自然生長

在東坡詩集中，他從未提及他的政績
但是政績自然在
蘇堤就是證據
另有若干見諸宋史
一個人要活到怎樣的蒼涼，簡樸
才能像蘇堤一樣，橫貫水面
千百年來，杭州人自己添加的部分
都冠在蘇子名下
這蓊郁的林蔭，這雕梁的橋廊
成為他自性的生長
空，要有一個對稱
就是整個宇宙
無為就是造出一座蘇堤
為渡不過銀河而流淚
我懷疑東坡肉就是東坡居士的肉
當他被佛印的素屁
吹過江東時

旗

我出發前舉目望你，你的面孔模糊，如被風吹動的旗。
但你動了麼？主，請略停，聞我的馨香之祭，期待之祭。

任安道

「我願在你言說的缸裡釀為佳醞

當世界的宴席缺酒時

呈給那些為愛而暢飲的激情者

使他們的歡聲笑語得以繼續」

作者簡介

任安道，河北人，曾用筆名「漠道」，神學碩士，著有《划向深處》、《新福傳的理念與實踐——革新教會的整合性力量》；主編《走向成熟門徒之路》；譯有拉辛格之《耶穌基督的天主》、《真理的合作者——365天與教宗本篤十六世同行》等。

救世五行圖組詩

一　朝拜之金

那在精神的曠野裡
像金牛般閃耀的
無非是意欲奴役神的企圖
它用掛在頸項間的驕傲
來鑄造妄想牽引神的軛
但它最終面臨的
不是為所欲為的權力
而是神的法律之砸

同樣的金子所鍍的自我崇拜
又在聖殿和香爐的輝煌上
改頭換面
但它最終引來的
不是永恆的敬禮
而是羅馬士兵投下的火
它就這樣在人的輕蔑中被融化
然後隨一代又一代以民的淚水
流入歷史不斷重複的悲劇

只有東方賢士的腳步
繞開了以色列的涕泣之谷
只有他們手中的金子
在心神與真理的朝拜中
永保質地
只有當金子如牛羊一樣
在貧弱的真主前獻出它的跪姿
它才能夠閃出
異星般神妙而高貴的光芒

二　拯救之木

把你豎立在天人之間的木架
隨著你震動陰府的呼喊
轟然傾倒在瑪利亞的淚水之中
那是一條記憶長河
載著木匠之子精心構思過的木板
靜靜地流向以色列傳統信仰裡的紅海
有梅瑟的木杖在海上漂起
彷彿諾亞的柏木方舟
滿載希望
希望的終點
是幼發拉底大河的盡頭
那裡有生命樹如玫瑰盛開
恰似你用鮮血所澆灌的十字聖木

三　重生之水

你用生命之水的溫柔
來洗滌那刺透你肋旁的險惡
其實羅馬士兵用長槍所探入的
不過是你更深的愛情
你沒有因敞開心懷而死
卻正由此湧出生命
一如西乃曠野裡的那塊石頭
在受擊打時裂為活泉
你的活水是澎湃的愛情
衝破所有等候在雅各伯井旁的水罐
它們是永不合攏的死亡之口
是喝了還渴的無底欲望
它們綻裂的縫隙
恰是持罐者的重生之路
因為那正是你活水可流過的渠道

四　仁愛之火

我無須再問你是誰
你的名字就照射在
焚而不毀之荊棘的火光裡
那是愛的形狀
是立於自我燃燒中的永在

我無須再問你是誰
你的身體就升起在
全燔祭的火焰中
那是愛的味道
是化於自我犧牲中的永存

我無須再問你是誰
你的精神就訴說在
開啟心智的火舌上
那是愛的活力
是孕於自我給予中的永生

五　再造之土

你用創造之愛的氣息
吹動伊甸之土的幸福
你牽著他的手
在長滿生命樹的林子散步
可他卻把自己的心思
瞅成貪婪的眼目

滿腹嫉毒的蛇
於是鑽進泥土的奢求
蛇與土的糾纏
從此在生存的縫隙裡
持續不休

你必須重新耕耘一片淨土
來移植你原始的恩典
那是瑪利亞的胎腹
就像被播出的芥子
你在其中把自己的全部埋入

因著無辜之鮮血的澆灌
復活之晨光的照耀
你最終長成參天大樹
使所有在幸福之外
飄蕩的靈魂
都可找到安息之處

伯鐸在最後晚餐時的自白

當你超越自己的超越
在奴僕的躬背上落定時
我的理想正沿著凱撒雕像的高大
奮力往上攀登

你邏各斯不期然伸出的手
扭轉了我腳步的方向

把它擺正在一個讓歷史糾結的驚嘆之中：
至高的高度竟是朝下延至至低的高度

在這最長的距離上
你拉開了最大的愛
一切拒絕隨你遠行的藉口
都顯得無限落後和卑劣

所以我不得不任你的上善之水
滴穿我對翻身作主的執著
你用來擦試我傷口的毛巾
從此就成為我信仰的旗幟

山園的夜與光

夜隨猶達斯的心思黑了
沒有月亮
月亮無法從司祭長們的決議中升起
但達味的詩歌依舊唱響
彷彿衝鋒的號角
你毅然托起亞當出離伊甸時的沉重
走向你苦難的開始

而那條通往山園的路
像門徒們的頭腦一樣模糊不清
短短的投石之距把你們隔開
如同隔開心靈的意願與肉體的軟弱
在你用抗拒厄娃之欲望的力量
喝下那杯殘酷的現實後
門徒們的夢便在無奈和不解中昏睡了過去
那些即將點燃你全燔祭的火把
於是逼近
一個叛徒的吻
象徵性地把你交付在愛的犧牲裡
伯鐸雖亮出了抵抗的劍
但最終卻只砍掉了他自己的勇氣
當你像羔羊一樣被牽走時
只有雷霆之子的忠貞如閃電般明確
照亮了你的孤獨
也照亮我在心靈之夜裡的膽怯

聖週組詩

一、歡呼之災（聖枝主日）

你這不幸的生於歡呼的人
註定要被歡呼焚毀
被它撕裂
就像棕櫚最終的燃燒
外氅最終的破碎

看吧
只有那長耳又沉默的坐騎
能辨別出雷響的歡呼
是逃亡與飛鳥散獸的火信

你何曾料想過
即使那遙遠的混沌中的淚泉枯竭時
你亦不能熄滅
這熊熊的
燒焦雛鷹翅膀的歡呼之火

二、麥的使命（聖週四）

是「什麼」從天而墜
墜落成你這飽滿的麥粒

情願受孕於腐化
生出綠色的劍芒

冰雹似的帶著摧毀的使命
夭折一切荒蕪

然後就在那裡消融
消融成黎明前的一顆露珠

三、荒野玫瑰（聖週五）

血是鮮紅而溫熱的
你選擇將它傾灑成
一朵豔麗的玫瑰
選擇開在荒郊蕭野

啊　為什麼你這樣選擇
為什麼情願被獸足踐踏
讓它們帶著一片片的你
任意馳騁

然後
讓所有有情人
又悲痛地用淚水
將一片片的你撿拾

四、遠古火種（聖週六）

一顆遠古的火種
執意離去

於是
就在凝眸的一瞬
一切嚮往與追憶
已結為一塊化石

梗在欲哭無淚的心窩
任無言的悲痛
一次次敲擊
一遍遍尋覓

啊
為什麼阻止別離
在時間隧道的盡頭
不正通紅一片嗎

鼓起期待的風吧
用它送來火光
將時間燃燒
將化石孵化

五、死亡之死（復活節）

死亡在死去時的神情
就像鐵釘穿透愛的溫柔後
所露出的尷尬

我聽到
從你雙足的傷痕中
發出蛇頭被踩碎的聲音

清晨的墓穴
飄出水果的香味
那是通向伊甸的入口

從喪親的悲傷中走來
瑪達肋納竟沒認出
你就是修剪生命樹的園丁

而在若望的愛情裡
那塊捲起的殮布
卻像飛速旋轉的時針

正指向永恆
某個在林中散步的情景
以及看見光明的時日

體悟聖三

一

究竟是怎樣一種美
當所有適合你的感覺的顏料齊備
想把你繪入我理性的圖紙上時
你卻如一滴純淨的水
悄悄地從上面滲了下去

二

一條線，卻
沒有起始和終結的點
因此始終合一
一個面，卻
不是部分的組合
因此融洽無間
故，一個圓
沒有彼此的角度
因此同心相連

三

你們把互相的愛
在宇宙間唱成一首情歌

一位是妙的旋律
一位是好的聲音
二者一起表現
美的感覺
誰心懷真愛
誰就會與你們的歌曲產生共鳴

絮語給聖神

一

生命在哪一天
正要被時代的冰箱冷凍
你突然把我揀出
作為犧牲
放在原始祭臺上
熾烈焚燒

二

經驗你
就像種子經驗穀雨
在你的來臨中
我被時間肯定

三

你是怎樣美妙的靈感
奈何我生命的言詞如此空乏
只能在世界的皺紙上
笨拙地將你勾勒

四

你這長長的河道呵
什麼時候
我這沒有形狀的水
才能在你的姿態中
匯入愛的海洋

耶穌升天的喜樂

你是黃昏的太陽
那些仰望你的眼神
隨著你的隱沒
漸漸凝固成
橄欖山上伶仃的樹影

有輕柔的風
載著你的精神吹過
使黑夜羞於露臉
感傷不至落雨
在悵然的樹梢上
希望之月隨之升起

這個別離之夜不黑
在護慰之神的光照下
葡萄酒杯依然閃亮
重新斟滿150首讚美詩
邀全世界的人舉杯
一起暢飲福音的喜樂

獅者若翰

世界的腦殼繞不開你
不論它從哪個方向轉動
你是一種逼視
是獅的印象

那些蠕行的冷血之蛇
不能不因你而發顫
而一切被你清冽似水的目光
所滋潤和洗滌的頭腦
也都不得不在他一切的進行中
回望和前瞻自己的道路

看那些對你獵殺的種種蓄意吧
它們最終只能捕獲
你霹雷的吼聲
威猛的儀容
和其生生世世的畏懼不安

因為你是真正的捕獲者
你那堅定而犀利的眼神
及永在的精神
就在你倒下的那刻
隨你傷口的噴血
一起飛升並穿越無限時空
捕捉和射殺所有
企圖逃遁與攻擊你的心靈

撒瑪黎亞婦人

孤獨與不安
從你欲念的床起身
激情燃燒的屋悶熱
於是你帶著它們一道出門
去尋找另外的心情

你挑選強光直射的正午
那是最為明亮
卻也最為黑暗的時刻
街上無人現身
無人瞥得見自己的羞恥

你小心翼翼地提著
孤獨的心情
就像提著因焦渴
而大開其口的水罐

是誰穿越明與暗的對立
用比水井還深的姿態
來尋找你的尋找
或者你的失落

像眼不知始日的活泉
他汩汩湧流的話語
穿破你憂心的水罐

你的焦渴於是流失
心神從此明朗
你走向聚集人群的傍晚
用揭露自己醜事的勇氣
打開真理的聖殿
獻出虔心的朝拜

匝凱感言

渴望是一種高度
真理似乎更願顯現在
那俯視他的目光下

發育不良的心靈
在攀升渴望後
就會讓人視角轉向

本來羞於見人
卻被完美者
仰慕不已

夜色中的尼苛德摩

流行於白日的意念
怎麼以夜的姿態
撞擊了奧祕之石？

你漆黑的心
因此升起了熊熊火焰
高過頭頂
甚至高過
尺寸完美的烏紗帽

你的腦袋
隨之失去了遮攔
並從對風的領略中
湧出了水的意義

你終於明白
能夠熄滅那燃燒你的
恰恰與飯前洗不洗手
衣縫長不長
沒有半點關聯

愛的純一

倒在斧頭邊的青松
喊出了大地壽數的祕密
聲音修長
彷彿女人伸出的手

而我的眼中
燃燒的是十字聖木
閃閃的火星
不是淚滴
根本無法道訴
伐木者砍出的悲劇

絕不是心硬
心已全部焚化

朝著十字指向的天空
一瓣瓣散去

於是一種姿勢
被丟了下來
並慢慢結冰
那是某個指頭的方向

神枯

今夜　秋風不寂寞
靈魂好空
像個教堂門口的流浪漢
呆呆地坐在酒杯中

一條遠年的街
與淚水一起出現
哪家客棧的燈
點著將熄滅的心火
在失眠的風中擺動

有披著狗皮的撒旦
鬼祟地穿過
投下的影子像狼

是誰朝它扔出了酒瓶
灑掉了六十幾度的悲愁
但那不是骨頭
沒辦法感動野狗

只有你同情我的醉意
我知道
雖然你的無聲
同那野狗的惡吼一樣
讓我戰栗到天明

東方賢士的思情

不知是誰
把我丟失的心
牧放到了馬槽邊

聖誕樹上閃著彩光的音符
跳躍在空曠的腦際
弧線可觀

但那不是流星圖
而是漢字筆畫般的絲綢路

這個聖誕夜
床在不知疲倦地行走
清醒的意識是沙漠

一行深深的腳印
漫向西方

而夢
在調整時差後
竟然也起了程

一匹精壯的孤馬
銜著耶穌身下的乾草
急速向東飛奔

對瑪利亞的注慕

那真正愛慕你的心
不會是廟宇
不會把你鍍成金像
在裡面燔香頂禮

因為你的全部存在
本是一張光柔的畫紙
上面是聖神的手
所留下來的墨跡

有人子在湖畔山林的身影
有他滴血且充盈靈魂的言詞
誰能懂得他的苦樂
誰才會對你讚美賞識

因此我只有一個願望
就是同那位愛徒一起
將自己簡陋的生命
開放為張掛你的展覽室

好使香客們的眼睛
不只尋找你的蔭庇

而且也能夠發現
你所表現出的意義

平靜的信仰

我沒有在管風琴的演奏下
把自己編成美妙的歌詞
隨其神聖的旋律
一起飄蕩在空中

我沒有因宣道者的精彩演講
把自己拍成雷響的掌聲
和著他們動聽的聲音
去震撼人心

我沒有在聖母顯靈的地方
把自己流成感動的淚水
伴著某種虔誠
想淹沒自己的不幸

可我覺得在信仰的天地間
自己像一塊碩石

雖不會動情
卻堅實而寧靜

可我知道那吹在我身上的微風
就是神的蒞臨
即使再平實的地方
也有祂最深刻的親近

加納情結

原本是水
我的生命曾經無色無味
是哪一天
在哪口古老的深井
我被舀出
灌入你言說的缸裡發酵
又是誰在希望
當世界的宴席缺酒時
我能夠成為佳釀
呈給那些為愛而暢飲的激情者
使他們的歡聲笑語得以繼續

我願是那塊石頭

幾時世界只開放為一張口
我便要沉默
一如那塊靜靜躺在山上的石頭
我要以我的全部存在
擺出一個堅定的姿勢
好在你疲憊地跋涉後
可以在我身上坐下喘息
並開口訴說
我本想喊出的一切

雷漢斯島假日

一　清晨

滿是知了的竹林
不得不向黃鸝示意
我只是被窩的鐘子期

二　上午

火雞要表達的寓意
有了忠實聽眾
那是我的書和筆

三　下午

不快的心情
穿上了黑色泳衣
結果被海鷗當成了魚

四　夜晚

隱修者的晚禱
像伯多祿的鑰匙
大開我對天門的想像力

當代西方教會漫畫

信仰在被遺贈給圖書館後
露出蒙納麗莎進盧浮宮時的微笑
依然因專家學者們的造訪沾沾自喜

中世紀興建的大教堂
把贖罪券兌換成旅遊門票
繼續引領當代社會的商業步伐

比唐吉呵德更虔誠的司祭們
英勇地捍衛著拉丁彌撒
在管風琴奏出的額我略曲裡憧憬未來

當白人低頭經過修道院時
黑人和黃人正憂心匆匆地探討
如何歸化這些神性沒落的自由公民

而在無限人道的市區街頭
一座座高昂的清真寺平地拔起
阿訇們熱烈慶祝著無血聖戰的勝利

紀念小悅悅

當人心在趨利的馬路上凍成冰輪時
你正準備讓未來像春天的花草盛開

可你的願望沒法趕上人行道的車速
正如農民的鋤頭趕不上鑣車的剛強

良知在你喊停的血淚裡撐起了雨傘
像上帝在天堂門口對它打出的問號

當拾荒老人把你的眼神送進天堂時
你終於看到沒有飛車和冷漠的未來

無神退化論

一位法國詩人弟兄來了
大眼睛和瘦身材
一種傲骨凌風的搭配
詩意十足

你可明顯感覺到
他在麻辣湯和霧霾裡
遊歷的疲勞
那是他的前輩德日進
在抵達北京猿人的住地後
都不曾經歷過的

我不確定他是否能遇到
比文化還年長的遺骸
恐怕他們早已逃離周口店

他來到神州
用中文對話歷史
可歷史的嘴全戴著口罩
只有布滿血絲的眼
三高的啤酒肚
和被寶馬撞飛的三輪腳踏車
用現代姿勢
保留著象形文字

他從中讀出的
不是原始人的希望
而是他們的驚訝和失落

猛地摘下戴著文化的眼鏡
他用地道的中文丟出一句
「無神進化就是扯淡！」
他說他明天就回國
準備改行
要完成無神退化論的研究

現實與超現實

房屋的價位尋求另一種生命的可能
靈魂卻不在此種生命的時間裡居住
它從極遙遠的地方帶回草木的香氣

一小塊暗影停靠在池塘最深的地方
季節在努力將存在的一切變成黃色
松樹、獵人，還有山鶉驚慌的叫聲

一種無法道說的喜悅在記憶中靠岸
南來北往的人依舊興奮地追逐海浪
沒有意義的事在神的風中繼續飄零

山人

「憔悴莫變再相噎,臨海聽語商。」

作者簡介

　　山人,本名楊小斌,祖籍陝西,現居天津,《益世月刊》主編,文章及詩作散見教會報刊雜誌。

逾越無知

為了證明淺薄
我沒忘記爭論
即使在耶穌受難的這個時刻
曾經以為可以豪情萬丈
和耶穌一起奔赴死亡
雞叫了

就像雞叫可以嚇退黑暗
虛偽也同樣被雞鳴戳穿
死也不會背叛耶穌
沒有成就一個人的勇敢
卻成為懺悔者淚水的誓言

無知在我們眼前
光輝燦爛　　彷彿是它曾經為我們受難
無知在我們面前
如真理一般　　彷彿是它引導我們向前
無知在我們面前
讓我們失語　　彷彿它真把耶穌殺害一般

沒有了耶穌
我們陷在無知的泥潭

沒有了耶穌
再調查也無力回天
沒有了耶穌
燈也只剩下一盞

基督再來的時刻

祝福在降臨圈裡
掛在門上
等待著基督的來臨
點燃第一支蠟燭
光要來　把我們從睡夢中喚醒
讓我們不再試探
十字架上的奧祕

奧祕有多深
罪惡背對著基督
跟著思維的詭詐遠離
彷彿倒懸的冰刺
永遠刺不在大地的心上

希望在罪惡裡產生
不是因為罪惡值得欣賞
而是愛在震顫
震顫著虛偽的心
迷惘的眼
使我們認清基督
再來的時刻

這個時刻
對著十字架
也充滿著憐憫和愛的夢想
讓人在自己的脆弱與貧乏中
流出希望永在的歡暢

丟失了的溫柔

記憶為那個人
存在了幾千年

故事延續在
記憶裡

伴隨罪惡與缺憾
將善良遺忘在角落裡

溫柔是一個人的名字
被棄在仇恨的謾罵中

曾經

納匝肋的小村莊
曾經有一口井　我的羊
在那兒暢飲甘泉

伯達尼那窮人的家
曾經有一個姑娘
忘記了自己的忙碌

曾經的髑髏地
有人準備了十字架
成就了我的夢想

灰色的禿鷹在悲鳴中
剜去那惡者的眼睛

彷彿仇恨能藉著眼睛吞噬曾經
消滅夢想的童年
好讓十字架注解
愛情的孤獨

孤獨在十字架上
愛著我的永遠　　羊的井泉
十字架在孤獨中
醒著姑娘的安寧　　人類的夢想

夢，睡醒了

心在死亡的邊緣掙紮
我向上帝呼喚
呼喚心的覺醒
當人們開始學會迷戀
情感的力量就在內心深處鼓動
靈魂失去皈依
精神變得蒼白
煩惱糊住了心靈
神情在生活的臉龐下黯然無光

偉大的神
一切力量的根源
煩惱中難道存在著你的旨意
你為什麼要把你的旨意在煩惱中隱藏
時光流逝　歲月荏苒
人在煩惱中慢慢體悟神意
生命的年輪一圈一圈地飛旋
當理智學會嘲笑知識
知識卻從不曾把情感驅除

曾試圖看清心靈的天空
曾呼喚心中的朝陽
曾低頭數問心際的晨星
人啊
你可曾瞭解你自己的奧祕
當你抬頭望盡穹蒼
你可知道內心的寂寥
神在那裡統治
上帝的寶座在那裡設置

夢　睡醒了
一切都回到的安然
潮水慢慢退去
煩惱漸漸平息
手拉著神的衣襟開始暢遊

在自然之中
人生是一個過程
而腳步　踏在上帝的足跡裡

白色聖誕　情大似天

雪　住在心上
窗　雕滿了冰凌花
晶瑩剔透　色彩斑斕
太陽　沒有忘記自己是誰

在這個時候
鑰匙扣掉了
清亮地碎在了地上
那時節地上沒有雪花

從雪裡　掐了點露頭的乾草來
截成小段　放在小小的馬槽裡
為那用石膏做成的　光屁股小孩兒
從心裡取些溫暖出來
安慰那個可憐的母親

是她　不得不把自己的初生兒
放在冰涼裡

愛是一種奇妙而強大的能力
她讓清貧有了目標
讓苦難有了意義
讓沒有生命的
在信仰中　充滿了生命

快樂的雪花

從夢的天際，我飛來了
我是一片飛舞著的雪花
雪花，雪花
大地被我點亮了
山嶺被我包圍了

從醒的玉宇，我飛走了
我是一片跳著舞的雪花
一片心中刻著「希望」的雪花
雪花，雪花
心靈被我洗淨了

絕望被我趕跑了

我是一片快樂的雪花

牡丹

牡丹　你這花中雍容華貴者

隨著淡淡的雨季

你擁有了十八的芳香

我輕輕地湊上唇

在你的芳香中留下我年輕的吻

你額頭滾動著瑩亮的露珠

在我的吸吮中潤合了久裂的心田

微風搖撥著你的綠裙子

蝴蝶剛採食過玉露般的花蕊

可誰會想到你的心在我年輕的吻中駐進了永恆

我不曾喜歡你的雍容

我也不愛惜你的華貴

但你額頭瑩亮的水珠

玉露般的花蕊

深深打動了我年輕的貞潔

我願珍視你一生的清純

牡丹，你這花中清香晶瑩者
你可願意為我清純一生？

逾越三天

一　神聖的禮物（聖週四）

洗腳是耶穌愛的禮物
從餐席裡站起來的天主子
絲毫不在意
酒肉朋友們的推杯換盞
因為他已知道
他們即將喝的
不再是酒
而是他的生命
他的血

書本滲出血來
揭示出生命
不如基督完美
卻是正要表達
不完美的真實

踩著塵土的腳
被降自高天的主
捧吻在懷裡擦拭
傷痕被層層剝離
猶如塵垢被洗除

人被治癒
是因與主有份
正如被赦免
是因愛的遮掩

告白又無語
洗腳成隱喻
千言萬語
不再

二　脫掉鞋子（聖週五）

鞋子纏繞俗務
讓心在外奔波
只有脫掉的時候
人才能稍作休息

梅瑟看顧羊群
看見在荊棘火裡
燃燒自己的天主

梅瑟願進入火焰
便先脫掉了鞋子

小天使
跪在朝拜中
沒穿鞋
神情凝重
在天主的苦難裡

十字架旁帶刺玫瑰
我只看見花
沒看見刺
猶如十字架上
我只看見安詳

三　靜守（聖週六）

靜守
歲月流逝
天主缺席
在今天
遂見死亡
即是新生

石頭
無聲無息

任耶穌來去
從不驕傲
猶太人以石頭
堵塞墓門
天使在石頭上
報告復活
之前石頭無聲無息
任耶穌來去

害怕已逝
磐石永在

火、水、蠟燭
聖神如風
靜守裡
光徐徐

無知的災難

這一夜我竟難眠
十字架被從教堂頂上拆下
我一直認為這樣的事

不容易發生在現在
文化大革命裡的荒唐歲月
如何能在今天這文明時代裡再演
那年代，天是天，地是地
只有人不是人

這一夜我竟難眠
十字架被從教堂頂上拆下
彷彿這時刻的昏暗
已不是那天、那地
只是那群在文化大革命中
不是人的人，今天仍然不是人
難怪，沒太多人驚訝
難怪，沒太多人失眠
難怪，沒太多人
像眼睜睜看著十字架
在天空飛旋而下的現場基督徒
那樣心痛
惡人們亦是這樣
從基督徒面前綁走了
我們的主耶穌

這一夜我竟難眠
我問主，因無知而產生的災難
我們必須承受嗎？

主說：我正被無知剝去衣服
正被無知判罪
正被無知釘在十字架上
像昨天那樣、今天一樣、
明天同樣！

這一夜我竟無眠
只因我不會做夢
不肯放棄無知現實
直等到主在中國復活起來的日子
我同樣會無眠一夜
像現在這樣
清醒無夢

寡婦的小錢

朝聖殿銀庫內
富人投入大量金幣、銀幣
虔誠寫在他們臉上　微笑
不在心上

耶穌———一個窮人
坐在銀庫對面的高臺上
他沒有錢投入銀庫
納人頭稅的那個銀幣
尚要在魚口取得

一個窮寡婦
摸索著羞愧的衣服
捱到富人全都
投完他們的錢
才蹣跚著走向天主

耶穌看著她
彷彿看見以色列全部希望
當以色列走向天主時
沒有驕傲的腳步
只有顆流浪中
渴望回家的心

寡婦有兩小錢
她沒有挑撿
沒有計算
沒來聖殿前
她已捐獻所有

耶穌──天主的

眼　不看人的

臉　窮人愛天主的

心　已被耶穌尋見

隨心而去

夜靜了　我聽著窗外

蛙聲在夏雨中叫醒

一個人的孤寂

無眠的黑暗　只有一人

在愛中長大

心如是說

心在遠方

伴愛長大

勝過滿世浮華

留下一眼專注

如一縷光

將眼前黑暗全部照亮

起身點燃最後一支菸
想著那個午後的優雅
彷彿四年時光只在一瞬
教堂的燭光為一個人帶來新生
扶抬著輪椅的雙手
在天主愛中拉我遠去……

西雍

「第三者的眼睛，看見懺悔室裡的靈魂
舞動光明的翅膀」

作者簡介

　　西雍，本名陳開華，雲南省會澤縣人，神學博士。目前，在
國內數間修道院教授「教父學」及「士林哲學」相關課程。先後在
《神學論集》、《輔仁宗教研究》等期刊發表三十餘篇學術論文。
專著有：《聖馬西摩：天主的人化與人的神化》、《日用神糧》
等；譯有：《人的神，天主之神》、《十字架的奧祕》等。

旅途

高原的太陽不忍心讓我直視
順著光線才看得見瓦藍的天空和悠閒的白雲
有幾朵雲脫離雲層
時散時聚地變幻著形軀
高原人說這裡沒有霾。我不信
看了他們的心之後
就信了，漢子紅光滿面地和你大碗喝酒
他們的女人時過子時還和你泡在電影院
再次觀看「血戰鋼鋸嶺」，然後
開車送你回教堂。他們說
教堂是天主的家

前行是一種使命嗎？誰都知道
蘋果花裡面其實隱藏著曼陀羅的影子
偶爾，感覺下山旅行真是愧對高原之美
其實天主就住在每一個基督徒的軀體裡
我懷疑真的需要找我來提醒人們嗎？新約說
使徒是人間的廢物，擔任司祭這麼久了
我才確信這一點
高原湖泊藍得令人窒息，一個激靈
將理想、崇高抖落滿地，我想那不是水的顏色
它只是毫無保留地承受了天空而已

2017.1.18於昆明

九月的旅程

又是九月
船票已訂
不是我訂的
終點由我來定

媽媽說希望票過期，船停泊
我說媽媽的孩子到哪兒都走不遠
妳不能偏心呀！另一個孩子
不是將他的血都傾入大地了嗎
我和他都是大地的孩子

遺囑已經寫好
藏在只有媽媽才能猜得到的地方
她卻永遠也不打開
媽和你一樣，都是大地的孩子

只有海洋知道
九月的天
藍得令人打顫
九月的孩子不忍心讓大地荒蕪

溜入大地的另一個孩子想喚醒大地
九月沒見過他
卻認定聽到他的心跳
行囊可以度量大地的厚度
遠方，也許是答案
分寸卻在九月的心裡

2012.9.17於紅光修道院

旅行者

從大山走出的精靈
單薄的行囊承受了全年的祭品
殘陽將他鍍成金色
照亮秦嶺連綿不絕的崇山峻嶺

司祭收受了一年的驚懼
輓歌升起時驚懼隨風消散
麥子死了
麥粒熟了
無論是大山還是平原
都記得麥子的恩情
旅行者哭了

那些百倍的果實卻笑了
忠誠與狡黠成了不相上下的
兩個法碼

2010.10於成都

朝聖者

10：07，陰，微涼
一個小女孩問，可以進來嗎？
她看到大人在裡面參觀、拍照、評論……
這裡不是博物館，她知道
教堂有神祕光彩
柔光變幻出媽媽的溫柔
彩玻在慈祥中舒展
「我要在這裡祈禱，媽媽，
為你許個願！」

梳理、擺姿勢、再自拍、再刪除
足足花了十來分鐘
以聖母瑪利亞為背景
女孩兒想拍出天堂的美麗

中學生模樣的男孩在角落飲泣
沉默的天主，如何
一眼同步這一切？
或許女同學這兩天不搭理他了，或許
春天引發他的某種不安……

2017.2.7於廣州沙面露德聖母堂

天主

三年級的侄兒問天主是不是真的存在
是我給他授予的嬰兒洗禮
這個輔祭小童用微信名字
直呼自己的本堂神父為「犇牛」
二話不說我就捏住鼻孔並叫他屏住呼吸
數秒後問他感受到剛才還說不確定的空氣沒有
孩子信賴感受和愛
跟他說我那套修道院裡的邏輯論證不管用

然而，接下來的問題才真正讓我驚駭莫名
天主善良嗎
我以為剛才捏鼻孔讓他不舒服了
他說神父大伯你想多了

面對一個非理性問題
我自忖確有難度
人類無法感受一切可感事物後面的根本原因
我清楚地意識到家並非講道理的地方，令人窘迫的是
我和自己的感受失去聯繫太久了。孩子
拓展著人類自身對於美善和愛的感受
問題是我是否一直沒有將修道院裡的孩子們視作家人
梅瑟說天主是自有者
基於一種對愛、美善和存在的無限敬畏
「天主」這個神聖詞彙，未必
與天主等值
那我何去何從

2017.1.20小年夜於父母家中

和鷹對話

只顧追逐西去的太陽
一個醉漢在天空中劃著各種弧線
牠以為進攻只是出於本能，嘶叫著
有時會啼血
特定的美學標準，讓世界成了
牠的領地

你知道這個世界上始終有鷹這種動物
準備好保護自己，這無關你的
正義和尊嚴
與鷹搏擊原本勝算無度
那又何必主動延攬牠的壞情緒
順著夕陽的光線才看得清萬物的柔美
將空間和時間留給鷹吧
牠恨的不是我們，而是試圖
透視自己的創傷
即使基督現身，那也註定
奈何不得
時候要到，現在就是
這樣做你其實成全了自己
鷹的弧線，敞亮著
愛的旋律

2017.1.23默觀基督苦難之後

變形

在臺北生活了三年之後
許多熟人懵圈了
「廋！」「這是你嗎？」

一個拓展精神長相的年齡，朋友們
卻裝著以前那個毛毛蟲的模樣

「節制！」
說了就後悔
會不會傷害有志塑身的人們

抵達氧氣飽和點之際
感覺陽明山步道上的獼猴和身體的速度
不亞於士林夜市的美食，以及
牧職上的成就那麼可愛
咋會這樣
我都感覺自己有點陌生了

2017.1.25保祿歸化慶日

聖灰十字架

被抹黑了
心甘情願，並沐浴齋戒
抹黑我的這一天，聖灰十字架
超過商家各種材質十字架的全年銷量

陳放一年的枯枝，將歲月
燃作裊裊聖香
塵歸塵，土歸土。抹黑額頭
好映襯天國容光

2017.3.1聖灰禮儀日

小圓餅

「一胎政策所致！」
「經濟發展導致修道候選人匱乏⋯⋯」

「不！」右手拿著手術刀
左手固執地一揮：地方教會失去了活力
直覺告訴他
割傷自己，並擠出一些血
黑色、黃色、綠色，更多的是紅色。眩暈
身體卻前所未有地愉悅
沒有誰看得見自己的臉，除非
透過別人的眼。望著白鴿在飛
朋友說他更年輕了

自打撞見懺悔室透出光彩之後
靈魂的最後一道防線就土崩瓦解
每一個細胞都在格裡高利般地舞蹈，並
傾露愛意。分開「信仰」與「信念」
讓他有種解脫感，決心不再強迫自己
非得容光煥發地活著
「信任聖體！」白色小圓餅裡面
隱藏著耶穌。基督徒的身體
原本就是耶穌的隱喻
小圓餅神祕耳語，身體
要比人類的腦袋
更有能力面對問題

「人類需要司祭，總有人
渴望成為司祭！」

2017.2.8於旅途中

第三者

一米高的十字架張開雙臂緊擁著
懺悔者，疊作S狀，跪在大地上

向她的耶穌喃喃細語。讓我頓感
自己成了額外人

*Confessio*的原意是宣信、告白，可能
漢語言誤讀了聖奧古斯丁和盧梭
第三者的眼睛，看見懺悔室裡的靈魂
舞動光明的翅膀

2017.2.11主持和好聖事之後

獻主節

慶祝獻主節彌撒，我看見
自己靈魂的裂痕
枇杷欣然笑了，還有些正在開花
微白，毛絨絨地撒著嬌

霧要擰乾晨光的顏色。在耶路撒冷
拍攝到遠東也有的植物，光
斑駁地
穿過地層

2017.2.3晨光中

凌晨一點半

凌晨一點半了還沒有睡意
在讀自己的詩
朋友說我的句子有點嚼頭
想體會一下，世界在睡眠
自己卻醒著的滋味。人們
在做夢、撕扯，抑或在某個時區跳舞。我呢
為他們祈禱

祈禱，不為榮耀天主
卻讓我仰望光明

躺在被窩裡感受空氣的冷，和
棉花的熱，觸摸
和時光一起流逝的感覺
被包圍的幸福感
返回了媽媽的子宮

門縫擠進來一股風，可能
有人還沒有辦法裹著被子睡覺
那我就這樣思念著你到天亮
對，就你
而非他們

2017.1.21凌晨兩點

你和我

為了體會耶穌，必須
和很多東西保持距離
包括你自己
雙子座的人，肉體在地上
靈魂卻懸掛在星空，不知道
天主為什麼要讓你
在這個時代出現

心口如一的信念讓我略感自在，否則
早就人格分裂了。寫這首詩的靈感
在於突然發現
那些被選擇性遺忘的經歷才真正造就了我
向自己懺悔，並對每一個人
心懷感激，可以彌合大地和星空的間隙

耶路撒冷的空墓穴至今保持完好
但那又能說明什麼
2006年聖週三在裡面呆了一宿
除了感受到冷之外
一無所獲
若不是福音書成了觀照自己的鏡子
我會成為一個無神論者

2017.1.22晨曦微露之際

誓言

萬沒料到誓言出生在這個季節
敏感的藍鵲啄開一個新世界
藉此凝視自己的嬰兒
風，安靜地掛上樹梢
彈奏古老童謠的知了知道
散落林間的海螺和小圓石
是它忠實萬年的聽眾

宣誓是換個角度定義生活，並宣告
詩意生活並非夢想
滾燙的誓言透析出金屬色澤
據說與黃金時代的人類有關，死亡
讓他們成為慈悲守護者
以誓言作為擔保
從此沉寂
從此簡約
從此無為
明年秋天讀詩的人將會怎樣
與你何干

2016.8.13於臺北陽明山

徐哥

教會食堂，可以邊喝酒、邊唱歌直到深夜
徐哥興致很高，一直在講他的斑斕人生
更多時候我只是傾聽者。聊天，讓歲月
插上繪聲繪色的翅膀

從前在司法系統工作的徐哥，如今
成了基督徒。研究自然法，讓他深信
社會的未來在於敬畏良知。困倦的旅行者
到處都遇到憂國憂民的人們

2017.2.18於旅次

小田

小田，八零後，帶著十來個年輕人開發軟體
一週內，不同的地方，再次聽到
「敬畏」，以及「社會責任」。訝異
不同的交談對象，彷彿彼此認識

「那一位，我敬畏！」
有別於父輩，小田為自己的信念
塗上一層色彩。令他苦惱的是
無法為這種色彩命名

2017.2.21於成都

春天

與春天相遇
始於一桌酒席
為了呈現最好的自己
人們候鳥般地遷徙
十三億人用一整年時間
精心設計了一場預謀
瞬間，大都會靜作空城
小城鎮即刻沸騰
紅光滿面的人們突然發現
過日子，原本該當如此
半夜熱醒了。還以為
是酒精的化學作用
聽聞燕子呢喃

才明白，身體在歌頌
春天的來臨

2017.2.1正月初五

最後的春天
──悼貴州王充一主教

九十九度頌揚春天的來臨，昨天
去天堂領略春色
給我留下黃菊和白菊裝扮季節
加上一個世紀的潤月，百歲老人
儲存著說不完的故事
我懷疑他所謂的遺忘都有選擇性

第一次見面也是春天
希伯來歌謠正開啟著清晨的門扉
即使哪天太陽不願進屋
他也能讓世界陽光滿面
某年，世界失去了擎天柱
他三次巡遊天空
張開巨翼不讓太陽灼傷我報效春天的激情

雙手輕覆，古老聖詩
慈祥地傾瀉滿地

詩歌背負著人類的情緒
寫悼亡詩是詩人慣常的自虐
將自己黏在網上
靜待成為蜘蛛的美食
他享受永生，我卻被揉碎、重組

2017.4.30於紅光修道院

重逢的儀式

大地、長空被這幾塊墓石攬入心胸
蜿蜒跌宕的烏蒙山峰是西洋傳教士喘息的節奏

生活是一種宣言
吟詠希伯來詩歌的泰西旅人
讓客死他鄉的旅程充滿遐想
即使行動不便也要守護山川
進入大地是他們與故鄉重逢的儀式
夜深人靜時，據說
村民們還聽得到地中海岸的傳奇

2016.10.9於雲南會澤

遇見自己

詩歌讓我遠離人群和說教
刪減文字的遊戲，彷彿
褪盡一切在林間裸泳
沒有遇到水鬼，就將自己扮作精靈
願意雕琢時光的人是一隻赤裸裸的羊羔
無關愛或不愛，只在乎感受
不好就哭，否則
就笑

往裡面走真是奇妙
會遇到一個怎樣的自己
似曾相識，又難以意料
風箏飄再遠都承擔不起揮灑晦氣的祈禱
覽盡眾川，還得回歸大地
據說為了呼吸次日霞光
詩人會將傍晚的太陽種入花園
並在夢中自嘲
自己成了世界主角
雨水澆灌，太陽生長
不然怎會見著玫瑰在五月微笑

2017.5.12於汶州大地震九週年之際

24℃

只有夢才容許你,重溫
在藏區翻山越嶺去聽懺悔,並修正
自己也懺悔的那些私密
半夜,鍋莊舞包圍著篝火
有一次,跳到天亮。下雨了
她們在廚房喝酥油茶

回不去了!寄望於
落葉,催生你來年的新芽
夢用它的情感和溫度
治癒永不再見的流水光陰
我憎恨時間
奪走詩人的遠大抱負,和
世界該有的秩序

白髮蒼蒼的基督徒拽著我
彌撒後,述說她們的濃鬱鄉愁
我們之間
彼此的呼吸靜下來聽著
有人送來宮廷普洱
說怕我們口渴

24℃的晨光
通透、醇釀地打量著這一切

2017.7.24.於旅次

我的念珠不見了

59粒珠子，冷靜
像隕石
光與夜交織
酷暑沒了主張

「我的念珠不見了！」
緊貼大地，呼吸
丈量經緯的十字架
靜候輪迴
凍結時間的冰

「我的念珠不見了！」
「你們看見我心愛的嗎？」

與線割斷聯繫
橄欖木，各自散發香氣

磕著長頭的朝聖者
消失在天地相遇之際

2017.8.18.於旅次

重逢

化學顏料後面
難以啟齒的白髮
至於性格，一眼
就讓我認出
在你的記憶中
住了十八年
潮汐攜回的大海
面目全非

刷新記憶的再見
庚續所有裂斷
歲月將師生變成搭檔
不同的書藉，成全
我們彼此
聽懂石頭的歌謠

什麼也沒有
就什麼也不缺

空格的書架
等再久，也不會失望
自己寫的新書，獻給老師
將裂痕補全
重逢，和比十八年更早的那場初見
都在秋天。對著小樹許願
喚醒他們。醒著
就睡不過去

2017.9.14.於京南修道院

深秋安魂曲

幾位老太太，每週兩次
6：40到教堂念玫瑰經，下午3點以後離開
曲調變了。今天。安魂曲的情緒感染著整個世界
其實不是她們約會的日子
唯在那個沉寂的星期六，下降陰府的人
才可以傾空煉獄
從空出門牙的地方流出讚美詩變奏曲

像二胡乾澀地撕扯蟒皮的哀怨
天際微明。樂器已上路儲備演奏力量
彌漫過濃霧的年輕時代，如今，不懼霧霾

每年11月2日，善良的基督徒
唯恐自己的祈禱晚點在天堂門外
不要等到冬天。才點上紫色蠟燭
無人紀念的煉獄靈魂會被烤焦
胡楊掛著幾片簡約音符
在秋風中搖擺
原本密不透光的樹林承受著藍天的莫名情緒
無名枯草，自由自在地透露
尋常人看不見的光環
不同時代的墓碑從芒草茅間冒出
粗重喘息加劇了「友誼地久天長」的節奏
不動聲色地變幻成挽歌
順著西洋傳教士滄桑的臉頰淌下，聖水
閃耀著太陽般的光輝
安靜地消失在遙遠國度

2017.11.2.於紅光修道院

葬禮與婚禮的交錯

主持葬禮，有時兩場
婚禮進行曲。習慣，在下午
午餐告別亡靈，晚宴慶賀新人
只有角落的新娘爸在抹淚眼

教友說我主持彌撒的聲音出現在橋段
拒絕了導演。同年。教堂婚禮開放給非基督徒
如今……
許多神父既是導演，又做演員

經常在焚屍爐前主持半小時左右的彌撒
超度亡靈是天主的事，我只想引起人們圍觀
「啪！」小鐵門後面的世界，「嗶嗶啪啪！」
火苗在沒有靈魂的軀體裡面肆掠

昨天，有個教友索要我的照片
16年沒見！她的情節比我完善
老伴上月去世。更多時間
用來回憶初見的那個春天

2017.11.4.於紅光修道院

肖筱

「春天來的時候
你舞動的身體漸漸地消失
你是愛的祭品
你是春天的祭品
你變成了愛與春天」

作者簡介

肖筱，1986年生，湖北人，現居上海。海軍工程大學畢業，經濟學學位。先後在法國、菲律賓和英國生活學習。著有長篇小說《逐出伊甸的輪迴》、《幻想交響曲》和靈修日記《小小的春天・泰澤記》。

忘罪

什麼時候才可以回家？
又可以和誰一同回家？

你難道不是每時每刻出現在我的
沉重而溫婉的內心戲之中？
是你將我遺棄，還是我任性的愛
使得我的腳步無法邁向你的眼睛？
你的瞳孔變了形狀，還是我的心
早已淹沒在你的一池湖水

它不是我內心戲裡的樣子
我的內心戲？
還是我的罪？

你還記得我是你的孩子嗎？
我的出生，我的成長，我的死亡
難道你已不再關心
是你將我遺棄，還是我任性的愛
亦或是我的罪？
想我幼小無告時攀爬在你的乳峰
你的臉照亮我的心
原來你在那茫茫宇宙已孤獨無限

你說你的年輕時
亦是與我一樣

你還是不是我內心戲裡的樣子
我的內心戲？
還是我的罪？

如果你失掉我，你可會傷心
我是你的孩子
是的，我忘記了，你的孩子有千千萬萬
我是誰呢？
是的，我記得了，你的孩子都與我一樣，如此渴望
回到你的眼睛
我亦是如此渴望，難道我不想尋回
兒時的記憶
在你的一池湖水裡找到自己初時的靈魂

我的靈魂是否還能歸於你，我的愛
什麼時候才可以回家？
又可以和誰一同回家？

這是我的罪
你曾經告訴我回家的路，在我的內心戲裡
可是我卻忘了

加爾各答的天使
——寫在想念德蘭修女的夜晚

她是天主的女兒，
她帶著天主的愛來到世間，我們都看見
她的臉逐漸斑駁，
卻成了最可愛的天使。

她說，我餓，不是要食物，
而是要和平，一心一意的和平；
她說，我渴，不是要水，
而是要和平，消除戰欲的和平；
她說，我赤裸，不是因為失去衣服，
而是因為那些身上失去了美麗尊嚴的人；
她說，我無家可歸，不是因為無瓦遮頭，
而是因為沒有一顆明白、照顧、愛護的心。

我的天使，你是明白天主聖言的，
你是被高舉的，你是被讚頌的，
難道被你擁入懷裡的孤兒，
不似歸在天主的寬仁的懷抱。
你從天主的懷裡下來，
帶著你內心博大的愛，去成全，去拯救，

難道那瀕死的人們，不是在你的懷裡
才得到他們的尊嚴。

我的天使，她不是女王，
手中有著至高的權力與榮耀，
可是她的手絕不平凡，
因為那手曾溫暖多少卑微的生命。
我的天使，她不是明星，
面上有著萬千的美好與豔異，
可是，可是她的面容曾使多少美好
變得黯淡無光。
語言也變得蒼白無力，我的天使，我該拿什麼
來形容你弱小的身軀，以及
你那寬廣的寬廣的愛。

我們都看見，你的臉逐漸斑駁，
卻成了最可愛的天使。
是的，你是天使，你從父的懷裡下來，
最後回到父那裡，
我們亦會如此，可是，
父啊，我們的內心是如此不捨。

戰爭仍然繼續，仍然繼續，
戰火彌漫著每一塊土地。
貧窮越加貧窮，越加貧窮，

飢餓吞噬著人們的每一絲欲念。
疾病囂張肆虐，囂張肆虐，
痛苦迫害著人們的身體與心靈。
你在天上看見，內心充滿憂苦，
我知道，你還會再來。

父啊，我無時無刻向你祈求，
我的天使，那愛的天使，
她還會來，她還會來。

生活在痛苦和戰爭中的人們，
在無眠的夜晚，你們是否會想起，那
加爾各答的天使──德蘭修女
不，她不是只屬加爾各答
她就在我們每一個人的心中，
存在於每一寸土地，
因為她是天主的女兒，
帶著天主的愛而來。

在怎樣的一個夜晚，我想起你，
只因為心中深沉的深沉的愛。

春之祭

舞步旋轉的時候
你的嘆息變成一種渴望
是心有甘願
還是愛使內心變得豐滿
是誰在日夜苦守
用犧牲訂立的約
苦守著那處子的開口處
流出源源的活水

那裡是生命的源
祭品是鮮活的生命
至高無上者的賜予
你輕柔地旋轉
生命卻因之而得到
那是生，那是春天
是用犧牲與愛所訂立的約
是用愛與春天所訂立的約
你把自己釘在
那信仰的十字架上
做了最偉大的祭品

是春天的陰戶
悄悄地溼了

力量所及的地方
愛處處叢生，是怎樣的愛啊
生命的繁衍、愛情的萌芽
是生的力量
是存在的每一天

你輕柔地旋轉，裙擺四溢
激情從它的內部散出來
是河流的無盡
是大海的盡頭
是一切過程與結果的
美好與哀傷
是對過程的迷戀與不捨
那是記憶的力量
然後你踏上祭臺
帶著記憶中的力量
記憶中的內心戲
不斷地四溢
是你心中的深沉的愛
之後你將自己奉獻

春天來了的時候
你舞動的身體漸漸地消失
你是愛的祭品
你是春天的祭品
你變成了愛與春天

死亡之詩

我在臨死的時候
突然感覺心慌
不是畏懼生命自然
只是我該如何——
將你永遠的永遠的
刻在我的記憶？

想起年少時的理想
內心戲的僭越
難道這是我一生所求？
你面上的表情
像是天堂裡的十二月天
潔白美好
即使有著萬千的理想
可是卻輕鬆地敗在你的眼睛裡
我的內心戲裡
難道有比你更大的理想？

世間荒謬的立場
是你的園囿、還是
我的墳場
亦或是我們共同的漆棺

只是互擁時
才在生之河流裡互做安慰
世間如此的荒涼
唯獨是你不可取代

在我臨死的時候又想起你
心中充滿感激
主是真正仁慈的
難道我不曾在某個角落遇見你、
且深深地將你記憶一生？

不二法門

從我出生的第一天起
就陷入了一種永恆的
永恆的悲傷

從我受造的時刻開始
女人和果樹和蛇和萬物
──那是片樂土
我的心裡迷惑
之後父將我和那女人一起驅逐

這是對僭越的懲罰
僭越智慧——
我們所知道的一切都是虛空
卻要用這無知的軀體去試探

那是一種怎樣的無明
從它生起了業
從業生起了識
又生起了名色、六入、觸、受
而受又生起了愛
又生起了取、有
由有生起了我的永恆的悲傷
我被逐入這永恆的輪迴
這逐出伊甸的輪迴

這個世界是誰的內心戲
是至高無上者的愛
還是我內心的幻想，在
漸漸地變得現實透明
應該喘息還是感激
那是一個怎樣艱深沉重的問題
從我出生的第一天起
就陷入了一種永恆的
永恆的悲傷

我的愛人已經老去
而我也將漸漸死亡
那是用一生記住的人和事
我在尋找
從始至終都在尋找
尋找那意義
──逐出伊甸的輪迴
尋找那不二法門
待回到父那裡的一天
也許我會明白
不會有尋找和意義
什麼都沒有

只有你的愛
在這個世界上的愛
那是唯一，是絕對，是始，是終
是我一生的不二法門

愛人

他手裡拿著枯木枝，
他在地上畫畫，

他像個孩子，
他是主，我的愛人。

我在我的兄弟姐妹那裡聽說過他的名字，
我在我的親戚那裡聽說過他的名字，
我在我的朋友那裡聽說過他的名字，
我在許多人口中聽說過他的名字。

此刻，我在他面前，我不敢直視——
愛情之火已經將我焚燒
哦，他，他只是一個男人
而我從來善於應付此道。
此刻，我在他面前，卻不敢直視——
他是主，我的愛人。

他站起來對我說：
愛若，沒有人判你的罪嗎？
我抬起頭來，看見他的的眼睛
——和平與愛情的源泉，我鼓起勇氣
說，主，愛人，因我愛你的緣故，
沒有人，沒有人判我的罪。
他因此對我說：
我實在告訴你，因你的愛
你的翅膀今日就要展開，
今天你就與我同進天堂。

他將柔軟的輒放在我的肩上，
他將我溫暖。
他是主，我的愛人。
他就是愛人。

噴泉

一

不論是羅馬的噴泉
還是，這裡的噴泉
不論是ottorino respighi
還是，自己
──我忘記這裡，忘記自己
忘記音樂家，忘記詩人
忘記阿肋路亞，忘記內心戲
但是，我記得，這一刻你在我身邊
眼淚給一切做個了結。

如果，
你看見噴泉前，我
在你身旁流出的眼淚。

不論是兩個人的噴泉
還是，一個人的噴泉
不論是你共我
還是，自己
——我忘記你，忘記自己
忘記相愛，忘記隱忍
忘記此恨綿綿，忘記長相守
但是，我記得，這一刻你並未識得我的眼淚
自決給一切做個了結。

如果，
你看見噴泉前，我
在你身旁流出的眼淚。

我必須學會自決，
錯誤不可以一再地發生，
那是最大的無知和罪衍。
可是，讓我成為無知的吧，
讓我的罪無可復加，
就讓我臣服於你，
讓我成為白癡與罪人，
讓我臣服於你。因為，
不論是什麼，
最終的結局也是，決。

自決？他決？
傷恨給一切做個了結。

如果你來看這詩，
如果你來寫這詩，
如果，你真會飛，
願意和我飛去噴泉之上麼？

如果，
你看見噴泉前，我
在你身旁流出的眼淚。
你會如何？

二

再陪我看一次噴泉吧，
我的愛人。

在海洋與陸地之間，
是我們的朝聖所
你說讓撲面而來的水花
成為我們的洗禮
以愛之名，洗禮。
讓我臣服於你，也許
這會被冠以異端之名，

我並不在乎，我所在乎的是，
我們虔誠交匯的愛情。

在創造與滅亡之間，
是我們的朝聖所
在永恆的存在裡，
你共我是否可以不朽？
當愛情浸透我們，如同
這撲面而來的水花
我們是否會不朽？
讓我臣服於你，也許
這會為我帶來恥笑
我並不在乎，我所在乎的是，
我們並肩屹立的風情。

再陪我看一次噴泉吧，
我的愛人。
如果你共我的愛情打動神靈，
如果你共我的風情感染眾生，
那麼，我就向神靈祈求，向
眾生輕啟，我，祕密的唇語。
再陪我看一次噴泉吧，
我的愛人。

我祈求這個神蹟，在你，在我，
如果，你飛起來

就帶我一起，就像
是我們永不分離。
再陪我看一次噴泉吧，
我的愛人。

三

這是第三天的噴泉，
你在海洋的那一岸，
我懷揣著，你的，
相片。眾目睽睽之下，你
將它交與我。
你看見我腮邊的紅，
可有竊笑，可有竊笑。

那律動的噴泉，濺起
孤獨的水花，
打得我生疼，你可知道？
你可知道，那律動的，
並非噴泉，
卻是我洶湧而渴求的心。

此刻，我的臣服，你的交付。
只是一張相片，卻是，
想起許多，想起許多。

海洋那一岸的你，是否
點起支菸，想著我，
一點幽情動？

四

讓你的吻覆蓋住，我
羞赧的面龐吧。

在我成人後，從未有過如此際遇
如同神蹟，
你似踏浪而來，我無法企及，那麼，
讓你的吻覆蓋住，我
少年的身體。

你說，不要拉住我。
你要去到哪裡？
我不是門徒妓女，
你卻是我的神。
讓我沉睡在你的懷抱裡，
只一次，最後一次，
讓我睡一會兒。

在我成人之後，第一次這樣際遇，
是個夢麼？亦或是幻覺？
讓我睡一會兒。

讓你的身體覆蓋住我的身體吧，
此刻，就讓世界滅亡，
在審判中，我與你一起永生。

五

願你的唇吻我，
故事從一場噴泉開始，
以不朽而終結。
就是這樣了。

從半空中落在平地，
是眼含淚水，和
不捨難過，
看著虛無的天空，
你共我曾經飛翔。
只是，噴泉結束，
就是這樣了。

蘭波，蘭波

Rimbaud，Rimbaud，
在這個初春，我不相信宇宙，只以你為伴。

未停止的胸悶和恐慌，心跳加速，
如果我在夕陽落下的沙漠深處靜心，
是否就能夠立地成佛。
阿拉伯少女的面龐是否就能使我皈正，
水仙在沙漠裡可以開出普世主義的花麼？
相信瞬間比相信永恆更永恆麼？
Rimbaud，Rimbaud，
我問的我就是你，我問的你就是我。
我的詩人，到這裡來吧。

蘭波，蘭波，
中文和法語叫你的名字，又是兩樣，
你在鄉下的村莊，寒冷的夜晚，讀《師主篇》，
也讀切口被塗上翠綠色的那本《聖經》，
你說，地獄傷不到異教之人，就算餓死你也要寫。
瘋狂的童貞女和下地獄的丈夫，
我能不能借得這一份榮耀，
借你一把刀，和你一起去森林，砍柴，牧馬。
不要逃向城市，城市已經跌墮——比地獄更深。
你寫詩，我讀它，蒙住我的眼，如同
進入神境的俄狄浦斯——他必須瞎眼進入，
我只要感受你的存在，一個季節就過去。

Rimbaud，Rimbaud，
金子比太陽更可貴，你會擁有金子的。

法國寄來的書帶給你的滿足，是否
補得足《地獄一季》的夏天？
生意人比詩人更值得尊敬麼？
你是個無賴與痞子，我就是這樣愛你。
我要變成你，借你的勇氣給我。
我們交流，用阿拉伯語、阿姆哈拉語和奧羅莫語，
就是不用法語──你只和殖民販子說法語。
來，我們坐下，冥想，天地如何一線。
永恆不可靠，幸運不可靠，天賦不可靠，
嘗試和行動才是重要。

蘭波，蘭波，
我歌唱，來與你通靈，來驅散恐懼──
Once upon a time there was light in my life，
But now there's only love in the dark，
And I need you more than ever ──
餓死和心碎，哪種死更驚心動魄？
請你告訴我，蘭波，如何跟怯懦的自己說再見。
心碎而死是最高貴的死法，而我沒有這個好命。
蘭波，如果我不寫詩了，也不做生意，
又沒有生一場重病，我的餘生該做什麼？

鏡子
——給迷失的弟兄

哲學家說：人永遠比他自己想像的自由。
曾想，自由為何最可貴，
此刻，我想我明白了，最簡單最恆久的新約——
自由永遠與愛相伴，而愛，永遠結出真理與希望
真理使人自由，希望給予安慰
如果愛情讓一個人殉難，我想我明白了
如果誓言讓一個人犧牲，我想我明白了
如果喝茶讓一個人殉道，我想我明白了

如果違誓讓一個人騰達，我想我看見了
如果捨己成為忘典，我想我不會捨己
如果⋯⋯我想⋯⋯
人縱然賺得全世界，卻輸掉自己的靈魂
我想，最好的自私，就是愛自己的靈魂，甚過
天下萬物，自己的生命
我想，最高貴的自私，就是愛永恆的愛，
甚過愛自己的靈魂
天主不會讓任何一顆愛祂的靈魂無解。

若說天主的義怒，雖然我不明白我不曾見，
我願意相信永恆的愛是如此深愛，

但——
寬免是給予已得寬免者的
絕罰是給予已自我絕罰的
歷史的苦心——上智的垂降
黃金的茨冠——末世的標記
那些擅自將茨冠打造成黃金的人現在又在哪裡呢？
孤苦無依、內心淒惶，縱然塵世金黃。

走失的牧人，上主的聖神邀請你回來，
你還記得你為聖神所改造的一日嗎？
人難道不該愛惜自己的誓言，
愛惜自己的誓言，便能上愛天主下愛世人；
愛惜自己的誓言，便能上無愧天下無愧地；
愛惜自己的誓言，便能真正的自愛。
或者，愛惜你兄弟的誓言，
看著鏡子裡的兄弟，拭去面上的汙穢，
也拭去無言的淚，
回來吧，即使下一次，在天國相見。

薇依與我

薇依不停地收葡萄，
抬手，放手、抬頭，低頭；
我不停地打電話，
先生，你好、小姐，再見，
薇依頭痛欲裂，
我嗓音發啞。

薇依房間裡堆滿寫下箚記的紙片，
它們此刻在我的思考裡；
我在草稿紙上潦草地記下故事靈感，
放在那裡幾日未動筆，
害怕就此失去。

薇依不畏懼死，我卻畏懼還不起房貸，
薇依面對世界，我背負著60平方米的空中樓閣，
薇依主動地尋求善，
我卻被動地接受惡。

我深深地扎根在她的重負與神恩之中，
在期待之中，
一場不可能的愛。

無處不在的悲傷

無處不在的悲傷，
詩社的投稿啟事裡說，
不要無病呻吟的濫觴。
無論做多少靜心，
祈禱過千百遍，
讀了多少哲學書，宗教書，
悲傷從來就不會放過我。
看點畫，讀首詩，
才有一點自失的時刻，
忘了人間宇宙，忘了名利。
如果停止閱讀，
悲傷便襲來。
悲傷，你何處來的啊！

鄞珊

「每一粒塵埃，都是悸動的詩，

或低吟入大地，或仰首與蒼穹」

作者簡介

鄞珊，中國作家協會會員、中國詩歌學會會員、中國散文學會會員，國家二級美術師，二級作家；廣東省中國畫學會理事，廣州畫院特聘畫家、深圳寶安畫院畫師，廣東潮聯書畫院畫師、孫中山書畫院畫師。出版《雁飛時》、《天籟跫音》、《閒茶逸致》、《草根紙上的流年》、《刀耕墨旅》五部詩歌及散文集。

已在北京、廣州等地舉辦過多次個人畫展，其散文作品曾入圍第六屆魯迅文學獎，並獲得第二屆全國人文地理散文大賽一等獎、首屆中國海洋文化「浪花獎」散文類三等獎、第十四屆國際潮團學術論壇二等獎（一等獎空缺），及西柏坡散文大賽二等獎。

其國畫「蘭花」獲廣東省第四屆中國畫展金獎、「家在潮汕」獲得廣東省首屆教師書畫展銅獎、「壯士報我老山蘭」獲廣東省慶祝建黨85周年及紅軍長征勝利70周年美術作品展優秀獎（最高獎）、「蘭花四條屏」獲得廣東省青年美展優秀獎（最高獎）、「室靜蘭馨」入圍第十二屆全國美展。

三仇（組詩）

一　私欲

私欲在地毯上匍匐
如老鼠竄來竄去
克制是地毯上的熨斗
把私欲熨了下去
把地毯的褶皺熨平

私欲這隻不滅的老鼠
只有在它幼小的時候
才容易把它熨下去

在它膨脹的時候
熨斗將很難擺平它

二　世俗

我們都生活在這張網上
那是出家人都得沾上的地方
誰要說離開了它
世界還有淨土？
我想擺脫這張網
唯一的辦法就是

牢牢地抓住它
隨時在這網的縫隙裡
抽身

三　魔鬼

誰看見牠？
誰摸著牠？
牠卻如僕人般
隨時聽候你的吩咐
當你的心為私欲洞開的時候
牠隨時進入你的心裡

牠就是你
世界上許多軀殼裡
都裝著它

牠在黑暗中窺伺著你
隨時準備取代你
成為你的主人

背道而馳

喧囂的馬路上
左右車道的車輛
都相迎而來
隨即
又各自背道而馳

我曾經迎向你
朝我奔馳而來的車
可是
我們在不同的車道上
僅僅打一下照臉
你朝你欲望的地方奔去
我照我的軌道而走
上主的道路只有一條

美好願望的駐留
也不過是偶爾的塞車
而欲望的堵塞與
美麗的嚮往
總是
背道而馳

彼岸

斜陽遙望著朝露的欣喜
而春暉不懂秋日的悲哀
三秋為落下的花瓣而掩面
花瓣為凋零的生命而垂淚
萬物都有它的起始與終止
東坡居士憑弔赤壁之先人
今人又感懷其赤壁之情懷
我們總無法企及彼岸
我們只樂自己一生之渡
時間，是我們眺望而永無法企及的彼岸

而在同一時間裡
城東、城西
你、她
是不曾交叉的兩個點
《向左走、向右走》
我們都是彼此無法到達的彼岸
我們只樂自己一生之渡
此方、他方
是我們眺望而永無法企及的彼岸
就像海濱路的棕櫚與山那邊的紅樹林
滔滔的海讓它們都無法知道彼此的存在

塵土

（「人本是塵土，死後還要歸於塵土」──《聖經》）

桑浦山頭鬱鬱蔥蔥時

我紮著羊角小辮

爺爺他們總是回頭

吆喝著蹦跳的我

別落在一大群人的後面

那是我最高興的童年

因為可以爬很高很高的山

還可以摘那不知名的紅色紫色的花

特別是那香噴噴的肉包子

使我耐心地等著他們

把經文念完

工廠的煙囪佇立於山腳下時

我甩著馬尾辮開始拔高的身軀

幫著大人找尋荒草湮沒的祖先墓地

外婆的墳塚好難找

我得負責用陽傘擋住山風

別讓蠟燭熄滅

我祈禱它能點亮

外婆上天堂的路

水泥路延伸到山腳下時
我披肩的長髮也抵裊娜的腰肢
爺爺已經睡在那高高的山巔
站在爺爺墳前
那陣陣的寒意讓我
一陣陣地悲涼

成片的工業區讓現代化侵略到山的一角時
小孩子們穿著漂亮的花裙花衣
我矍矍回首限制他們一路的開溜
母親的墳塚周圍又露出片片白色的石碑
孩子們的嬉鬧聲縈繞在墳頭
我只有讓淚水在心中
成交橫錯縱的溪流

滿山忙碌的人群驚動塵土飛揚
——為墓碑描紅，把雜草鏟除
只有大山平靜地注視著
一代代的人群
只有山上的黃土
一遍遍掩蓋著流逝的光陰

渡

人海擁擠
百舸爭流
心與心比高低
名與利爭上游
只想把他人甩在後頭
而前路是何方
眾生卻不曾抬頭望

忙碌的船、爭渡的船
水流喘急
只要殺開一條路
必須撞翻多少船
揮舞的槳
可以沉舟、可以殺戮
塵世喧嘩
撒旦在前面揮鞭吶喊

我猛然抬頭
天父緊蹙著眉頭
地上的佛拈花而笑
回頭

回頭
彼岸非我渡

聖伯多祿拿著鑰匙看守的門
門前的路
蜿蜒曲折而又寂寞寧靜
路已經鋪到塵世
我既已找到路口
為何尚留戀那邊紛繁的浪花
喧鬧的景致

十二門徒翻著手裡的名冊
我必須趕緊上路
完成塵世的使命
趁那日子來臨之前
到達那扇門口

歸宿

夜幕降臨
鳥兒啁啾著飛回巢
林子是牠們的歸宿

夕陽下山
地平線是它的歸宿

筆套是筆的歸宿
床是睡眠的歸宿
愛是心的歸宿
大地是落花的歸宿

歌聲，尋找著歸宿
在城市的高樓遊蕩
在鄉村的山巒溪澗徜徉
最後，憩息於時間
在它懷裡找到歸宿

合上《聖經》
它是一切的歸宿

祈禱組詩

「我要讚頌引導我的上主，我心連夜間也向我督促。」

——聖詠16：7

一 早課

蛇盤踞在腳凳下
黑色烏龜是牠的夥伴
牠的頭顱伸縮著
嘴裡不斷算計吞噬的步驟
石頭如火焰，散落在大地
……驚夢醒來
心悸，跳動在十字架之前

東方沉沉，開始吐白
仰望禰的晨曦
我又進入一天的塵世
黑夜、睡眠、夢
與白晝嬗替遞的世界被我脫去
它像一件睡袍被扔在床上

我匍匐在禰的十字架下
祈求別讓夢魘進入我的白晝
晨光移進我的窗欞
我念起古老的三鐘經
主之天使報曰：
萬福瑪利亞……

二　午三點鐘

辦公室人來人往
我換了多少個辦公室？
在人生的歲月裡
鄉村、城市
喧囂的校園，安靜的辦公樓
每個下午三點鐘
我的心在哪兒？

下午三點鐘，耶穌在十字架上
天昏地暗，石頭碰撞
大地震，在歷史的這個時刻發生
兩千年前，聖殿的帳幕自上而下裂開
此刻，他吐出了最後一口氣

聖女比利日大在一千八百年後
細數著祂的傷痕
每一次殺戮的刀劍
每一次戰爭的子彈
人類的災難都刻錄在祂身上

爆炸、恐怖襲擊、謀殺
網絡和紙媒不斷更替
飢餓，獨自關在城市的某一戶人家裡

絕望，埋在繁華土地的偏僻心靈裡
他們是路邊的荒草，沒有被注視
沒有陽光雨露的滋潤

當我的眼睛關注著時間
關注著下午三點鐘的時刻
時間便撕開了它的帳幕
人世的苦難呈在陽光之中：
迦南福地上的基督徒
頭顱依然懸在刀劍下
開學的校園裡
又有墜樓的血淋淋身軀
過道涵洞裡
淹沒了小車裡
奔赴團聚路上的一家子
假期裡幾個花季的女學生
重慶、南京、西安
她們出去了
再也沒回來

眼淚，在城市的角落裡
年輕人匆匆的上班車上
分不清汗水還是淚水
逃出寫字樓裡委屈和擠壓
回到冰冷的出租屋

沒有生火做飯的熱氣
靈魂貼在床板上
艱難呼吸著城市的空氣
聖方濟各的禱詞一遍遍流出
播種仁愛、播種光明
播種希望、播種喜樂

龜已消逝，蛇還在門口探望
我注視著門口
有一個人推門而進

三　公交車

七點鐘的公交車依然擁擠
他們工作了一天的身軀散發著汗水的酸臭
年輕的男孩子、女孩子
有白髮悄悄地攀上他們的頭
等了三趟的公交車
下定決心，一定要擠進去
車門在身後艱難地關上

上主，禰和我們
和他們同行
讓他們知道禰一直都在

四　晚課

我們有個家
有家人的地方就是家
惦記著晚餐，心不累
餐桌上有魚，有菜
有湯，有肉
殘羹剩飯，收拾在廚房
茶爐已經燒開了
烏龍茶、鳳凰茶
紅泥手拉壺沖出赭紅的茶色
看著牆上未完成的畫
想著如何把人物造型完美
玫瑰‧聖母
草根紙上構建水墨的世界

女兒用吉他伴唱著聖詠
讚美，讚美
夜幕降臨之時
禰在燈火中

新聞在播送著娛樂和輿論的是非
一摁鍵，世界剩下我們的禱告

乞丐

一個四五歲的小女孩
懷抱著一繈褓嬰兒
拿著奶瓶　給她餵奶
前面放著盛錢的鐵罐

圍觀的大嬸大媽聲聲嘆息
生養過兒女的婦人不會無動於衷
哺育著孩子的母親誰會視而不見？
雖然，誰都知道
孩子只是擺在前面的道具
施予都與孩子無幹
可是，誰忍心拂手而去
依然丟下零碎的錢

街道依然重演著
這樣的獨幕劇
在街坊鄰裡的小孩進幼兒園、小學
和中學之後──
一個四五歲的小女孩
懷抱著一繈褓嬰兒
拿著奶瓶　給她餵奶
前面放著盛錢的鐵罐

他們依然是長不大的街邊場景

而今，我對著這一切
向靈魂乞討遺失了的同情心
與俗世裡泯滅了的良知

樹木的讚頌（二首）

一　榕樹

我最早認識的植物，便是你
在我的成長中，沒有誰
能如此綿長的伴隨我
用靜止，守候著我的奔跑
我如風箏，來去，只是繞著你的軀幹
作時間的纏繞

我學步時，便在你的周圍蹣跚
你的樹洞，完成了我童年的迷藏。
仰頭，樹冠上鳥的天堂
引著我的想像徜徉

四季一直這樣顏色
它已經度過情感變幻的青春時光
淡定的心情，把深綠保持成唯一的色調
沒有一棵樹，能有它那麼豐富
垂下的根鬚，讓清風拂動
一顆顆樹籽，掉下
便是它的饋贈
在它樹下，我便是一天又一天的時光

在它的濃蔭下，積蓄了成長的歲月。
我跑出它的蔭庇，追逐樹冠上小鳥的飛翔
我追逐了一年又一年
我發覺又回到樹蔭下
頭上，便是鳥的天堂

「不是言，不是語，
是聽不到的言語」（詠19：4）
牠們在喁喁私語
傳述著天主的化工

二　槐樹

槐樹，我一直弄錯它的名字
因為，它不比那棵榕樹盡人皆知
它不比那棵榕樹，幾人合抱

它不比那棵榕樹，覆蓋了整個街頭
它在榕樹旁邊，葉子也無法構成一片濃蔭

沒有小孩子在它旁邊玩耍
它是隔壁老奶奶的丈夫過番前
特地栽種的，他在離家時
嫁過來的老奶奶才十五六歲
他把新娶的媳婦
留在了家裡，並栽下了這棵樹
讓它代替著自己，守候新婚的妻子
然後跟著紅頭船，飄洋過海去

丈夫跟著紅頭船飄洋過海
從此，有僑批而至
養活著老奶奶的青年時代
老奶奶那時年輕的雙手
天天給這槐樹澆水，養護
不許誰碰壞了幼小的樹苗
直至老奶奶的兒子長大
我得叫他叔公——他的孫子跟我一樣大了

槐樹在我小時候就已經很大很老
像我見到叔公時，他是爺爺那般的年齡
因為他們說槐樹是老奶奶的丈夫種的
所以，一碰到槐樹

我有些小心翼翼，可粗壯的槐樹根本不理會我
毫無作用的碰撞或搖動
只是，我會在心裡猶豫著他──
她的丈夫，那個栽種這樹的人

老奶奶已經有一百歲了
她在搬家之後還多次回來看鄰裡
看看這棵樹
老奶奶去世幾年了。
城鎮規劃要砍伐樹木，重新栽種
就在下達命令之後
在一次常規的颱風中
這棵樹轟然而倒──
在挺過一百年的風風雨雨後

在挺過一百年的風風雨雨後
這棵樹轟然而倒

街上車來人往，紅男綠女
誰記得有一棵槐樹，誰還記得它的陰涼？
就像那位百歲的老奶奶，她曾經的歷程
可是，上主
一棵槐樹在您那裡
依然獲得您的美意，為那位奶奶
為我的童年

文字的燭照

如果你真想走進森林
那你的行裝準備好了嗎？
你還得答應我
別驚醒了鳥兒的歡歌

如果你真想走進我的經書
那請洗好雙手
還得備好你的眼睛和心靈
你要在書裡尋找的是天國的途徑

你就像遠方的遊子
經歷多年的遊蕩
如今，回歸到經書裡的文字，
尋找你的歸宿
要我在旁點亮海上的燈塔嗎？
因為你正尋著那亮光而來

好，就讓我準備好詩箋等著你吧
你要發掘的寶藏，就在前頭
讓我點好這顆星
翻開它，文字的燭照
便是燈塔和星辰

勿忘我

藍色的天空是你的見證
——勿忘我
它已開成簇簇的花
即使所有的花都已枯萎
它依然把那藍色駐留
因為你答應
——勿忘我

物換星移
你不知在何方
當我在超市驀然發現
你風乾的身影
被包裝出售時
我才知道——
你一直
勿忘我

你一直用你的諾言
用你的藍色
尋找我
即使千里迢迢

也讓我在角落裡
覓到了你的芳蹤

人，容易忘記
一株植物，你卻不會把它遺忘
上主，祈求
不把我遺忘

下午三點鐘的祈禱

一

螞蟻在住宅樓的某些縫隙裡忙碌
上班後的車棚裡剩下孤零零的幾輛摩托車
偶爾一聲發動機的聲音又從門房那邊消失
玉蘭和苦楝樹的枝葉懶散地動了動
藍天透過婆娑樹木的縫隙映到住宅樓的一格玻璃窗前
我正仰望著窗外的天空
做著下午的祈禱
「我們的天父，願您的名受顯揚──」

我的腳摔傷了，動彈不得
醫生說粉碎性骨折
一個半月裡是上不了班的
那邊學校的喧鬧聲傳到我的房間裡也那麼單薄
倒是「豆花——草粿」的叫賣聲連電話裡的人都聽得清
中午才聽來某營業所的一個營業員把他的同事給謀殺了
祈禱的經文裡，我又默默繼續著：
「願您的國來臨，願您的旨意奉行在人間
如同在天上——」

今天我們都在家裡
不是雙休日的下午，兩個上班的大人都在家裡
午睡起來已經有一會兒，離晚飯的時間還早
我在電腦前打了一局「俄羅斯方塊」
我不喜歡電子遊戲
我們學校禁止學生玩這個
這幾天還開了「網絡與電子遊戲」的主題隊會
目的是教育學生離遠電子遊戲
午飯時女兒談起被選到發言的光榮
可是，一局下來我就總是想繼續玩
剛動完手術的眼睛受不了輻射和疲勞
就是躺在床上，心裡面還想把方塊堆積起來
此刻，進行祈禱，不僅是方塊
連心裡的紙屑都消失了
我望著窗外，一字字地列印出心裡的經文：

「求您賞給我們日用的食糧。
不要讓我們陷於誘惑。」

二

我總關心著巴勒斯坦阿拉法特的命運
聽說以色列的沙龍要定點清除他
就像清除哈馬斯領導人亞辛和蘭提斯
當民眾抬著他們的屍體在街上送行的時候
我看到耶路撒冷的街道
耶穌背著十字架踉蹌在路上
那些泥土路，那些黃色的房子
經了多少番炮火的襲擊
我還是能認出那是兩千年前
主耶穌走過的城門
他回頭訓誨過的婦女
就跪伏在路旁
「耶路撒冷的女子啊！你們當哭你們的罪過
因此罪過，才是我受苦的緣由。」

骷髏山上昏天黑地
白日頓成黑夜般
下午的窗外很寂靜
天色開始陰沉
天氣預報播出今年的首個颱風已經形成
受不受影響還不知道

骷髏山的那個下午大地震盪
石頭互相碰撞，撞得粉碎
耶路撒冷聖殿裡的帳幔自上而下裂開
下午三點鐘
主耶穌在十字架上呼出了最後一口氣：
「父啊！我將我的靈魂交付在您的手裡。」

三

外馬路上那個寫對聯的白鬍子老伯
他告訴我他去過耶路撒冷
「我攢了一輩子，攢夠了三萬塊
終於去了一趟聖城。」
他把戰火紛飛的耶路撒冷
帶到了中國南方的一個城市汕頭
在我到他隔壁維修店修理摩托車的時候
他就坐在門口納涼，搖著蒲扇
他把他的足跡，一一陳列在他的窄小的店裡
當我朝他店裡瞥了一眼後，他跟我拉到一根線上
給我講解，他的信仰，
「我們共同的信仰」他補充道
就在他拍的照片裡，就在他帶回的陳舊的地圖上
那血跡斑斑，那殘破不堪的耶路撒冷啊！
我為你哭泣

那天不經意又路過那已經拆遷的舊城街
隔了兩年，我以為他搬走，或是不在人世
卻發現他還坐在久閉的店子裡
白鬍子更稀疏、人更蒼老
我的心突然踏實了下來
為一個素不相識的老人
為他曾經給我描述的耶路撒冷
為我們不同宗教的共同信仰

陽臺

陽臺的花草排列於鋼條編織的鐵罩裡
陽光賜與的溫暖在兩個鐘頭後即將轉移
在參差不齊的花盆裡
它的花、它的葉
熱切地等待著陽光的來臨

南方的冬天，也有霜凍的時刻
新栽的日本茶已憔悴不堪
忍痛摘下它低垂的葉片
讓它心無旁騖地度過嚴冬
只是不知，經過那次寒流

它是否已傷心至死
來春，不知能不能恢復生機

那簇簇生氣勃勃的薄荷
無視季節，仍然把一角陽臺裝飾得綠意欲滴
我在無意中朝窗外一瞥
驚覺它對陽臺豐盛的饋贈
在陽光的那一面
你對它的熱烈毫無感覺
上主的恩賜，超乎你的期待

雜草叢生的路面

雜草叢生的路面
有長著小小刺兒的蒼耳
它隨著我拂面的褲擺
沾上我寬寬的褲腳
追隨著我的足跡

秋天已過
一切已湮沒在荒草之間
不知名的沙丘上

埋葬著平淡無奇的
秋天的故事

路，仍在延續
忍受一下冬天暫時的寒冷
我望見，山後面

有一春的來臨
信德的希望敲響滿山的雷鳴

讚美詩
──聖誕子時頌

一

天庭的沙拉芬天使吹起沉沉號角
喚醒嚴冬裡人們沉睡的心
大地的四方開始甦醒
冰雪裡露出極地熊白色的頭顱
霜凍裡無靈的植物也抖抖精神
因為時候已到
有自創世以來最大的喜訊
要向他們傳播

二

天庭的革魯賓天使彈起豎琴
揚起紛紛白雪漫天飛舞
今晚的夜空亮如白晝
牛羊也都歡欣徹夜未眠
馬兒匍匐於地
萬物都仰望著
人類自亞當以來
萬古的等待——
就在今夜
因為救主今夜誕生

三

天庭的上座者天使吹起銅簫
悠揚的樂曲漫過層層山野
飄到寧靜的白冷城
伯利恆的夜晚呵
從此你將照亮整個世界
在你的山洞裡
在你的馬槽中
有一個嬰兒將為我們誕生
他的名字就叫「厄瑪奴耳」
（意為「上帝與我們同在」）

四

天庭的宰治者撥起曼陀鈴
天庭的統權者拉起小提琴
天庭的異能者敲著康加鼓
天庭的率領者吹起雙簧管
音韻裊裊震動著善良者的心靈
耶路撒冷的人們啊
仙樂陣陣吸引著俗世者的靈魂仰望蒼穹
諸星辰也都各就其位
眾星座也都布好它們的陣
把美麗的光芒照向人間——
今晚的伯利恆

守衛諸城郡的天使
今晚都嚴陣巡視
他們都等待著人類的救主
在子時誕生

五

聖彌額耳總領天使舉起大旗幟
九重天上的天軍列隊而出
捍衛著這平安之夜
讓世界幸福安寧

聖辣法厄爾天使張開的他的雙翅
上主的名號使黑暗中的撒旦遁匿無蹤
他要俯首等待人間的這一刻
——因為，出自真光的真光
就要劃破萬古長空

聖嘉卑厄爾天使合上他的雙手
從上天穿行於塵世之間
他負命要向善良者傳播這福音
曠野中的牧童呀，請不要驚悸
快奔相走告這經上的應諾
快尋找朝拜救主的誕生

六

天上出現了異星
遙遠的國度
東方的賢士已經起程
跟隨著天上的明亮星辰
正日夜兼程
翻山越嶺，走過多少疆界
世上不同的信仰最終都匯集於
天上的聖城耶路撒冷
因為經上記載的預言
已經來到了此時此刻
全人類的救主已經在前方

七

真光未至
寶炬先臨

洗者若翰已來到了世上
在曠野中的孩童
他披著獸皮、吃著蝗蟲和蜂蜜
他在母胎時就已蒙您的恩賜
他要為您的到來鋪平道路
黑暗中有聲音在呼喊：
「修直主的道
鋪平他的路」

在加勒比海岸邊
西滿和安德勒尚在漁人之家拋網
雅各伯和他的兄弟若望
斐理伯、巴爾多祿茂
瑪竇和多默
阿爾斐的兒子雅各伯同他兄弟達陡
西滿和猶達斯
十二使徒還藏匿在茫茫人海中
以色列的十二支派啊
等待你的降臨
他們在城堡

他們在海濱
他們尚在各自的軌道中
他們等著你去——把他們揀選

那異邦人的使徒掃祿
尚且蟄伏在羅馬的繁華都市
他愚蒙未化的心
等待著你的聲音去把他喚醒

八

羊兒已被牧人圈在羊圈裡
黑色的眼睛在雪白的絨毛裡眨亮著
山洞裡歇息的馬兒也覺察出天空的異常
你的馬槽和稻草啊
將為此而蒙受榮幸
此時，將有什麼事情要發生

有一個女人要踏破蛇的頭顱
因為她所要出生的兒子
是出自光明的光明
女人在客旅途中腹中疼痛
淨血成胎的胎兒就要瓜熟蒂落
你鞠養之父雙手已在等待
等待把你接到這俗世凡塵

九

挪亞在他的方舟上揚著綠色的橄欖枝
和平的資訊出自上主的中保
亞巴郎、以撒格和雅各伯
你歷代的諸聖祖先也在盼望
他們在等著你的來臨
曾經用魔杖劃開紅海
使以色列民如履平地的摩西
也都率領諸聖先民
在此時等候
厄裡亞先知披著他的長髦
經上依撒意亞先知的預言啊——
白冷城，你決不是最小的
因為天上的君王將出自於你

大衛的榮裔啊！大衛的子孫
邊唱邊跳，凱旋回來的大衛
唱著讚美詩的大衛
拿著笛子在等候
等候著奏響凱歌的時刻
「救主將出自你的後裔」
上帝的承諾啊，怎不讓你載歌載奔？

十

天朝的諸九品天使列於九重天上
天朝諸神聖載歌載舞
高天之上至尊者享受無窮榮光
如今屈降凡塵位卑至謙
一聲嬰兒的啼哭劃破漫長夜空
歷代先知的預言終於來臨
上主來到我們中間
黑暗中的人類看到了真光
普天之下都向您匍匐朝拜──
萬君之君、萬王之王

年年的此刻我們等待著
子時的鐘聲
人類已經數過了兩個千禧年
和平的鐘聲年年敲響在聖誕的子夜
這新舊時代交接的聲音是──
我們恆久的盼望
我們永遠的信賴
不同種族、不同膚色、不同國度
普天下善良的人們在世上享受幸福安寧

趙旗

「我走向神聖的祭臺，

這裡松香繚繞，聖樂齊鳴。

聆聽上主的聖訓和先知的教誨，

我們是你牧放的羊群」

作者簡介

趙旗，1976年生，河北石家莊人，中國詩歌學會會員、河北省作家協會會員，中國詩人陣線副主編、滹沱詩社副社長。作品散見於《詩選刊》、《綠風》等文學期刊。作品入選《中國先鋒詩人作品選粹》、《天津詩人》2014冬之卷「中國詩選・新青年檔案」、《世界現當代經典詩選》、《世界現當代經典詩選》亞洲卷卷二2013年；《中國散文詩》2013卷、《河北詩歌地理》、《河北青年詩典》、《2015年中國微信詩歌年鑑》、《2015中國詩選》、《中國網絡文學精品2015年選》等多種詩歌選本，著有詩集《花開的聲音》。

不僅僅是比喻

麥粒或者稻草，不僅僅是比喻，
你看主耶穌在山園中祈禱。
淚水打溼了紫色的長袍，
長跪不起，無花果在黑夜中逃亡。
最年長的宗徒，雞鳴三遍也會背主三次。

你彷彿看見一條路，
那是光明聖潔的道路，
步履踏在荊棘鋪就的石板路上。

灑潑生命的正義和光明，
痛苦的十字架無法堅立泥中。
無法揭示基督三天後復活的奧祕，
只有若望觸摸你神奇的傷口。

天使吹響勝利的號角，
喚醒了渴望得救的思想。
聖潔的光明再次降臨到人間，
惟俯首在地，不敢直視。
謙卑的野草，歌頌上主的榮光。

各自的翅膀

黑暗和光明揮舞著各自的翅膀
融入山谷中的溪流和雲間的彩虹
那受苦而終的，才得享復活的榮光
在石榴樹下吹著竪笛，或在崎嶇中行走

我們離群索居，飽嘗暴風雨的蹂躪
棍子變成巨蛇，吞吃所有的蛇類
我們有時也沉浸在幻象的酒杯中
被虛榮和嫉妒俘獲，誰願意剔除我的醜惡

當我默想時，誰驅散了我心中的黑暗
引領我走向光明，又是誰將麵餅送入口中
納匝肋為你敞開的一扇大門，誰忍心將它關閉
讓瞎子重見光明，讓癱子重新行走

今夜，讓我們登上山巔，高唱頌歌
明瞭生命和物質的真價值
求你賞賜我你的恩惠，並且護佑我
一雙釘痕的手，緊緊拉著我

光影裡

在白煙中繼續沸騰，
望見一簇簇紫色的花朵臨難。
被炙熱的火光烘燒，
體內收縮剩餘的水分。

析出白色的鹽，綠色的鮮血，
最後脫水休克，變成乾枯的草。
在眾多翠綠中那麼耀眼，
期待明年草木復甦的季節。

這是心靈的勝地，
一切崇敬和榮耀永歸於你。
在光影中看見你溫暖的形象，
那麼輝煌，又那麼平易近人。

這是你送給我唯一的禮物，
在內心深處湧動感恩的救贖。
採集風清雨露，採集晨星百合。
然後透過渺小的一粒塵埃死亡。

美麗的讒言

回頭看看，在你累的時候，那流蜜的福地。
亞當反覆告誡自己，如同每天的禱告。
抽取的一根肋骨，被謊言劈開的幸福。
伊甸園在身後遠去，上主的聲音響徹耳邊。

含淚離去，樹葉也難以掩蓋內心的羞恥。
一顆命果引發的大罪，是無知更是可悲。
天使手持火劍，熊熊燃燒的威嚴，
守衛著地堂的出口，也是幸福的入口。

美麗的讒言隱藏著一個驚天祕密，
毒蛇的心，被驕傲和嫉妒充斥。
主說，你必用肚子行走，終身吃土。
人類，期待佩戴十二顆星星女人的救贖。

有時候，要撥開虛偽的面具，
才能看清楚事物的本來實質。

耶路撒冷的聖歌

王從遠處走來，
騎一頭黑色的驢子。
得得得，蹄聲清脆，
西元敲開了石砌的城門。

王的臉龐，溫和略顯清瘦，
會衣，掩藏不住潔淨的聖心。
持一串橄欖核手工做的念珠，
王身後跟隨的是，十二位虔誠的門徒。

橄欖枝，匯聚沸騰的海洋，
所有的風都吹向你。
聖樂，是撒下的瑪納神糧。
所有的光榮都歸於你。

我願做一片，無花果的葉子，
靜靜躺在，耶路撒冷的石板路上。
我是你面紗後面的鴿眼，
願做鹽、做光，照亮最黑暗寒冷的地方。
我是你溪邊的一株小草，
厄瑪奴耳，上主是我的牧者與我們同在。

我願意靜靜地坐著，
食用五餅二魚，山中聆聽聖訓，
即使夕陽下山，晚鳥歸巢。

慓悍的羅馬士兵踏碎，聖城的石階。
哭牆上刻下殉難者的，手掌血印痕。
歲月，將輝煌的變成塵土。
時間，把上主的莊嚴回歸。

蕭穆的教堂，潔淨後的天空
顯得一塵不染，清澈，湛藍。
以色列的子民齊聲歡呼——
默西亞，猶太人的王！

所有的荒野，都塗滿了野蜂蜜，
所有的石頭，都為上主而歡呼。
高談雄辯，不能叫人成聖成賢。
行為聖善，方能使靈魂得享平安。

凡追隨你的人，必不在黑暗中行走。
你是快樂的源泉，普照世界的真光。
你是道路，真理，生命。

滄海桑田，一切都已改變，
唯獨夜深人靜時，

從伯利恆山中的馬槽裡傳來
的歌聲照亮星空。

風中祈禱詞

黝黑清瘦虔誠的隱居者
行走曠野　烈烈的西風排成儀仗
嘲笑那些充斥謊言和欺騙的石頭

驕陽如火　滾燙的石頭燒烤赤腳
的老繭　燒烤渴望清泉的思慕
悵望啟明　月光碎了滿地白銀

照亮慌恐的三隻腳的小獸　羞澀
尚未完全褪盡的人形　六隻青銅
睡眼已經迷離　哈欠連天

夢裡囈語　咀嚼滿腔熱情
吐出血色薄霧的黎明
祈禱蝗蟲與野蜜才能簡單果腹

高出膝蓋的祭臺　犧牲的羔羊被
荊棘纏住的雙角　心臟越是貼近地面
越能感受生命在曠野的胎腹中流逝

我是曠野中的牧者

我是曠野中孤獨的牧者
犀利的閃電當作手中的長鞭
為原野上無語的石羊聲聲祝福

我是曠野中高歌的牧者
震聾的雷鳴化作巨大的音符
為原野上珠翠拔節的青草聲聲祝福

我是曠野中善良的牧者
一場雨水背叛了彩虹凌雲
為原野上散發的泥土芬芳聲聲祝福

我是曠野中篤信的牧者
聖杯高舉空中就淚流滿面
為原野上生生不息的輪迴聲聲祝福

乾淨的塵埃

在焚而不毀的荊棘叢中旅行，
穿越時間的隧道，期待漫長悠遠，
試圖把月亮與星星叫醒一同啟程。

高傲倔強的鬍鬚打結，隨風飄揚，
雪白的骨骼勝過祝福，叫醒疼痛，
憤怒的火在雲端燃燒，化為灰燼。

然而我只是一粒乾淨的塵埃，
曠野中的歌聲還未老去，
餵養覓食空中的馬和色彩。

一位手持鑄有銅蛇的聖人，
驅趕肆虐人間的災難和疾病，
天上降下可以果腹的白色瑪納。

兩個革魯賓隱約緩緩升起，
盟約之櫃在崎嶇的山路上丈量，
遠離曠野中豎起十二塊刻字的石碑。

火焰漸漸熄滅，冷卻，
乾淨的塵埃結束了悲壯的旅行，
堂中的帳幔徐徐落幕後進入沉睡。

重逢

重逢是漲潮的時候拍岸的浪花
正像黑暗的蒼穹中耀眼的明星
當火焰在荒涼的山谷裡燃燒
我們還在找尋著我們的未來

溝壑縱橫，我們把痛苦灑在大地上
灑在塗抹鹽的傷口上，即使結痂
如果沒有選擇信仰和真理
如果沒有遺忘那些逝去的靈魂

又有誰在午夜的山崗上疾呼
一雙悲憤的眼睛，滲出血和火焰
照亮帶著死亡氣息的人們
燃燒吧，漂浮在水面上的屍體

哪怕，那些靈魂攜手而去
哪怕，只剩下一串幽幽的藍火
我也要張開嘴巴，我也要高聲叫喊
把這牢固的謊言撕得粉碎

你不必驗證的淵源

你不必驗證的淵源。
迅速乾涸，露出帶著汙泥和玉石的河床
戀人站在河流的拐彎處，相互依偎，相互親吻
一滴水裡也會產生痛苦，分娩的早晨，多麼冰冷
誰把天空磨成明亮的鏡子，看見虛空和無助

石頭咬著破碎的牙齒無語，記憶的枝蔓
開始枯朽，變成岸邊的一堆灰燼。
灰燼中閃爍著被風吹跑的火星子，發抖，然後脫落
我希望詩人的血液裡流淌著正直和勇氣
把怯懦高高掛起，不能半晌無語。

即使割去我的頭顱，我的舌頭。
怎能不表達內心真實的感受，同情
那受傷的弱小的卑微，草芥一樣的生命
同樣需要尊嚴，同樣需要呼吸自由的空氣
黑翅膀裡包裹著瘦弱的玉米和荒年

智者行走在曠野裡，吃著蝗蟲野蜜
東方的星空開始明亮起來，壯麗的色彩多美
星辰熠熠生輝，對著溫暖的太陽高聲歌唱讚美詩
指向自己可愛的家鄉，絢爛的鮮花開滿大地
河流變得生機勃勃，和平安詳

獨語

熟睡的祖母無語，
頭蓋聖潔的雲朵。
我雙手合十，默默誦念，
在祭臺前小心翼翼的祈禱。

生怕驚醒沉睡的祖母，
心變得虔誠，以至於超拔。
呼吸是均勻的，
像草巢中熟睡的野鴿子。

用豐滿的慷慨餵養西風，
低下頭守護勞作的土地。
那裡曾經灑下您的汗水和青春，
靜悄悄的棉花分享愛情和童真。

在溪水足夠涼爽的季節，
我們的目光彼此相遇，輪廓清晰。
聽見你輕輕的腳步聲，
在故鄉的土地上迴響，不能觸摸。

夜裡的一種暖

夜裡的一種暖，是母親的微笑
疲憊我蹩腳的語言和笨拙的詩行
在我內心深處洋溢著強大的幸福
絲毫不顧及眼角湧出的熱淚

夜裡的一種暖，是母親的虔誠
召叫我找到信仰的源泉和人生的真諦
在我腦海裡反覆放映著一個場景
昏暗的燭光下，一個虔誠誦經的母親

夜裡的一種暖，是母親的善良
在痛苦的日子裡，追尋你施捨的足跡
給貧窮的乞丐一碗熱騰騰的雞蛋麵
自己卻穿著十六年的舊襯衫

夜裡的一種暖，是母親的堅忍
當你身患白血病化療嘔吐的時候
我查詢醫學資料，才得知有多麼的痛苦
而你卻常常告訴我沒有大礙

一掛破損的念珠

母親將頭掩藏於病號服之間
我不忍直視母親暗淡的臉
她太虛弱了，十幾天水米未進
眼睛微閉著，鼻翼微張

父親要我準備好母親的後事
教堂的墓地，一寸照片，墓誌銘
我默默地照做，麻木甚至沒有表情
麥粒會在一夜之間失去水分

尚未讀完格林多前書第十五章
母親就昏睡過去，彷若躺在聖母懷中
麥粒開始飽滿，圓潤，有光澤
錯過春天，錯過暖陽，錯過痛楚的目光

雪會燃燒成火，火把淚水烘乾，再變成雪
變成酸楚，變成縈繞眼前揮之不去的舊夢
從此沒有了繁華，而我繼續堅持夢下去
夢見母親的微笑，健康的體魄，虔誠的祈禱聲

其實她們是真實存在的，在皎潔的月光中
在落滿塵土的苦像前，在發黃的瞻禮單裡

在舊照片裡，在停用的小靈通裡
如今全部封存在一掛破損的念珠裡

靈魂轉角處

雲雀紛飛，翅膀煽動空氣
迅疾的掠過，彷彿就在我的頭頂
那些文字，恰當的分行
穩穩的佇立在半空中

這時候，正好有光透進來
我半醒著，看見了母親
在靈魂轉角處，遇見
母親微笑著，手裡拿著生前用過的念珠

我多想向您傾訴這五年來的辛苦
我多想看看您慈祥的眼睛
讓流動的雲停駐，讓涼爽的風進來
掀動你的衣襟，讓我坐在您的身旁

這就是我想要的幸福
簡單也純粹，踩在青苔上

厚實柔軟的感覺
然後問自己是夢境或是真實

思念畫地為牢

思念畫地為牢，靈魂潔淨
在教堂中祈禱真是巧妙
細細的念珠上面有母親的溫度
在耳畔有熟悉的經文傳來

自一個清晨開始
至一個黃昏結束
教堂的鐘聲敲碎半透明的夜
麥芽糖的天空碎了

或許黏連著迷路的七支蠟燭
在2015年的第一場雪來臨之際
那些虔誠的麥苗跪了一地
泥土更加溼潤，白楊樹抽出了穗穗

我出門去，讓雪落在我的頭上，眉毛上
讓雪落在寂靜的村莊，讓受屈辱的得到頌揚

母親蹣跚地從我眼前走過
走過那個破舊的巷子，走到雪的盡頭

風雪更大了，我什麼都看不見了
雪花啊，把一切都掩埋著
是鴿子的羽毛，還是純潔的夢幻
如今都庇護在初春的羽翼下，等待發芽

晨曦中的殘荷

晨曦是淡紫，是清白，是淺藍
是不甘寂寞的西風，是入冬後的慵懶
是殘荷低頭在清冷的水面思考

母親，我看見你在晨曦中走過
提著菜籃子，步履匆匆
裡面盛滿了扁豆、白菜、芫荽

母親，我看見你倒完香油後，習慣用瓶蓋刮一下
更多的時候，我看見你在田地裡辛勞
有時也會在微弱的燭光下閱讀聖經

母親，你用星光打磨晚風中的一枚戒指
讓失散的鼯鼠找到母親，讓野鴿子重飛回巢穴
或者用秸稈搭救一隻落水的蜜蜂

母親，請原諒我曾經的叛逆，也請寬恕我的罪過
它們不再重要，在我的一呼一吸之間存在
的是從肋條中發出滾燙的思念

安靈區

母親，我的心裡空著一個位置
始終為你打掃，始終如新
請在這裡安頓下來，靜靜的一坐
與你摯愛的兒子一起談心

三年了，一千多個不眠之夜
多少次從夢中驚醒
恍惚的燭光，吐著火信子
火光中是你慈祥的面容

落寞的田野裡藏著你灑落的汗水
寧靜的鋤頭銹蝕了曾經的光澤

星河之上虔誠的聖歌飛揚
熟悉的祈禱聲回到我耳旁

荒地上撒上聖潔的種子
朝開夕謝的花兒迎著驕陽
沾滿露水的草兒沐浴春風
心事在這裡悄悄的生長

土壤裡的思念

你腳下的泥土依舊在呼吸
呼出奶色的薄霧，吸入金色的黃昏
土壤裡的思念，繼續發酵
難道它們此時也讀懂我的心思

把一盞盞思念的蠟燭點燃
草叢裡聽不到熟悉的蟲鳴
密林深處找不到歸巢的鳥兒
只剩下孑然的身影在寒冬的深處佇立

我所敬愛的母親，就住在這裡
寂寞的深處，一定有聖歌在上空飄揚

你的眼睛在我頭頂三尺的地方停留
讓我感受愛的溫度和慈愛的力量

住在雲端的思念，飄過雪下的村莊
像微笑浮在母親的臉龐，隱隱的風吹來
我掛在嘴角的淚珠，像一粒粒葡萄墜落
我知道，土壤裡的思念成熟了

我的骨子裡種植著春風

多麼複雜的意象
詩歌這門技藝我掌握得還不熟練
笨拙且生硬
像村口打鐵的那位老漢

春節到了，我卻喜悅不起來
最怕的就是過年，你說這不奇怪
聖灰禮儀那天，額頭上被聖灰抹成十字
墓地有些冷清，三三兩兩掃墓的人們

讓墓地顯得更加空曠，那天的陽光是富裕的
父親的腿有些骨質增生，一遍遍擦拭著墓碑

念經的嗓門依然很大，不時灑聖水，呼求母親的聖名（瑪利亞）
墓碑是白色的，如同母親的姓氏

我的骨子裡種植著春風
我的淚水被二月的寒風凍成冰
我的詩歌裡寫下母親，寫下愛
剩下的交給春天吧

天堂的姐姐

陽光透過窗櫺，糊著糨子的白紙，
照在北屋的土炕上，溫馨、靜謐。

光影中我和姐姐，跪著，讚美著，
在炕頭虔誠的祈禱，神祕、莊嚴。

灰塵順著光的影子舞蹈，
屋裡是聖像、松柏枝以及姐姐
擦臉油的香味。

窗臺上是小木梳、鋁皮的小鏡、
和貝殼盛的擦臉油。

那年，我8歲，姐姐12歲。
姐姐告訴我，求聖母瑪利亞
可憐我們吧，賞給我們堅強和忍耐。

姐姐說得很認真，她懂的很多，
會念玫瑰經和拜苦路。

那年姐姐病了，得的是急性腦炎。
姐姐的臉很白，像城裡人。

後來，姐姐病得很重，躺在床上。
親戚朋友們來看她，屋裡顯得嘈雜。

姐姐頭上蓋著毛巾，靜默著，
旁邊是奶粉，那可是奢侈品。

我喊姐姐，姐姐不說話，
但我看到姐姐緊閉著雙眼，
流著一滴淚。

經子大大哭了，我也哭了。
大大說，她的命好苦，
習慣性的流產，中年得子，
姐姐是難產生的。

大人們在院子裡忙碌著，
用木板釘著一個小盒子。
有人正刷著紅紅的油漆。

姐姐要連同這個盒子一起埋葬，
在村後的土崗上，那裡曾是姐姐帶我
玩的地方。

姐姐走了，那天陽光很暖。
花開得正豔，像姐姐的笑臉。

姐姐在我頭頂三尺的地方
常駐，我能感覺到她的氣息。

請為我祈禱吧，在天堂的姐姐，
聖經上說：良人得享榮福於天。

朱夏妮

　　「第一排前面的木頭十字架　　冷

　　他的頭垂著　　他看著我的手

　　我跪下的時候　　軟皮凳發出了一聲歎氣」

作者簡介

　　朱夏妮，2000年生於新疆。2008年隨父母到廣州讀書，現在美國讀高中。

　　2009年參加南方日報舉辦的首屆小學生詩歌節獲得三等獎。

　　2013年獲得北京文藝網國際華文詩歌大賽百名優秀獎。

　　2013年12月詩歌EMS雜誌出版朱夏妮的詩歌專輯「忘帶校卡的人」。

　　2014年1月東方出版社出版詩集《初二七班》。獲得北島、楊煉、哈金、郎朗、梁文道等推薦，並由梁文道在4月11日鳳凰衛視「開卷八分鐘」節目專題介紹。

　　2014年8月卓爾書店出版詩集《第四節課》（中國詩歌新發現詩叢第四輯）。

　　2015年1月出版長篇小說《初三七班》，入選鳳凰網2015年第23週好書榜。

　　2016年2月《初二七班》繁體字版在臺灣書林出版公司出版。

給一隻小羊

你知道不管白天黑夜
你頭頂的那個天都是斜著的
那座山很累
它每天都頂著天的一角
你們每天都會來到那山上
看望它順便摸摸太陽
天的黑簾子趕著你們下山回家
黑夜收起了綠海上的船帆
此時一切
都被裝進了箱子

2011.12.27

跪著親吻桌面

他把那個發著金光的杯子裡
的液體喝盡
隨著他把杯子舉高
杯底的光線沿著光圈
快速滑動

他跪下來
親吻鋪著白布的桌面

2012.7.15星期天，放假中

祈禱的人

一　姥姥

她身體的一半
坐在很小的白色板凳上
另一半靠著
貼了牆紙的牆上
她歪著身子
兩隻手握著念珠

二　小姨

她念著字
沒發出聲音
只是做著發音的口型
牙齒碰撞
發出
像姥姥的假牙

嚼花生米
的聲音
聽著它
像小時候
被媽媽抱著

2012.7.24晚，到新疆的第二天

耶穌

你的眼睛裡
只有我向下望的雙眼
布滿血絲
重複的回答
在固定的時間
念珠生了綠色的銹
珠子在燈光下凸凹不平
我背對著
你雙手張開的袖子
那裡有冬天
床單的味道
畫著你樣子的塑膠畫
摸起來硌手　很冷

窗簾不讓我關注外面

我的眼睛掉落在小小的

發光體上

拖鞋沒辦法阻止

襪子的髒和

在大拇趾的地方破的小洞

我的指甲縫裡

有頭上的東西

你笑容的角度不斷變化

在黑色的夜

我看不見

2013.1.26星期六

沒了

我發現世界空了

糖果沒了　只剩糖紙在努力讓自己飽滿

雲沒了　天很孤獨

草原上的草沒了　原要起個新名字了

報紙上的字沒了　當草稿紙了

窗簾中的風沒了　窗簾安靜了

當這個世界完全沒了
它就什麼都不是了

2011.7.21

當羊群在睡覺

羊群在睡覺　　這時我很悲傷
沒人陪我說話
就像被正熟睡的
羊兒的絨毛
堵住了胸口

羊兒在睡覺　　牠們很滿足
我不願把羊兒吵醒
只能靜靜地
把寂寞吞食
不管多麼難受都要嚥下
正在熟睡的羊兒
是多麼安詳

2011.7.20

禮拜天

禮拜天
教堂門前　傳來
聖歌聲　鳥兒在教堂
尖頂上飛
影子像波紋一樣散開
雲在移動
教堂也彷彿在飄著
有人向我微笑
笑容很漂亮
我把耳朵貼在古石牆上
只能聽到空氣流動的聲音
像寂寞的呼吸

2011.6.6

鳥鳴

涼席剛鋪到床上的第一天晚上
窗外，一陣鳥鳴

連綿起伏
那聲音像硬幣掉在木地板上

像啃咬蘋果的牙齒觸摸紅白色果皮肉的聲音
像魚嘴伸向湖面吸氣的聲音
像高跟鞋踏向虛榮的大理石臺階上的響聲
像天使親吻孩子的聲音
透過白色蚊帳
我聽到了夏天的風
和連綿起伏的鳥鳴聲混雜在一起
萬物都那麼親切，那麼和諧

2011.5.10

烏雲與光芒

烏雲密布在白雲間
雖然鐘錶看樣子是在白天
我有些不安
心跳越來越快
但我感覺它越來越慢
逐漸變得恐懼

烏雲依舊在天空上
輕蔑地看著我
就在這時
天空中　一道刺眼的光劃過
很慢很慢　時間停止了
那光像聖母頭上的光圈
我黑暗的心靈被聖母溫柔的光照亮
儘管一下
我的心情平靜得像什麼也沒發生一樣
眼睛還在重播著
剛才白色的光芒

遙遠的地方

巴松措的湖邊
下雨了
太陽還在　我猜
是上帝感動得哭了
雨後彩虹下　氂牛走過
山間的霧和陽光
自己都分不清自己是誰了

八廓街上
遊客們
在和小販們　討價還價
長叩者　唱著　六個字的祈禱詞
他們似乎永遠是那樣的打扮
長辮子　灰布圍裙　木頭手墊

2010.8於西藏林芝

平安夜

商店門口被彩色塑膠貼滿
穿校服的人低頭看著手中的亮塊
超市的擴音喇叭
沙啞地叫著商品的折扣
重複
有人站在明亮的公交車站
提著幾大袋剛買的衣服
把頭伸向馬路
一輛銀行安全押送錢的銀色車
搖晃著奔向前面
路燈在疲倦地眨眼
一家停了電的服裝店

售貨員戴著紅色亮燈的聖誕帽
拍手
音響震動
一隻胖狗從運貨車底下鑽出來
牠跑的時候
腳踩在地上　輕快
像白砂糖撒在玻璃桌面

前面有光　天上沒有星星

2013.12.24晚十點

星期五

教堂關著燈
前面有一盞紅色
模仿蠟燭樣子的小燈
有人低著頭
外面的路燈漏進最後一排的跪凳
翻頁的聲音
第一排前面的木頭十字架　冷
他的頭垂著　他看著我手
我跪下的時候　軟皮凳發出了一聲嘆氣

2013.12.27

彌撒

蠟燭的光在閃
像說話時
從一張一合的嘴裡冒出的哈氣
短暫
外面是灰色
排隊領聖體的人緩慢
鞋底蹭在紅地毯上
是撓癢的聲音
他們伸出舌頭
神父的手指敏捷
老人在唱聖歌　聲音包裡裡跪凳

神父把一隻手放在一個小孩額頭上
他的手掌很大　遮住小孩眼前刺眼的光線

2014.2.15星期六晚，冷

聖灰禮儀

吊在穹頂的沉重
像許多玻璃　碎雞蛋殼組成的燈

灰暗　橙色
最挨近祭臺的
被換了燈泡
白色
眼睫毛是頭頂吊著的燈
微微晃動
要掉下來了
唱詩班在右上角
整齊　白色的紗衣
坐在我後面
穿深紅色棉襖的大媽
一直跪著　把歌本端在手中
我坐下的時候
歌本的角戳到我的背
神父被壓扁的聲音
迴盪　撞到四邊的門
又彈回來
隊伍很慢
神父很快地
把灰抹到我的頭髮上
不是額頭

外面剛下過雨
老樹葉還在滴水

2014.3.18

聖枝主日

小教堂被人擠滿
藍色和紅色的塑膠凳子擺在跪凳周圍
有些人坐到教堂外面去了
從模糊的小電視機裡
看到祭臺　神父的袍子反光成深色
汗還沒有成滴流下
香水味
街道上傳來循環播放的
賣老鼠藥的廣告
棕櫚枝尖紮到手指上
很疼　有點癢
拉長的講道聲
鑽過門縫　細微地來到我耳邊
變淡

你站在很遠的地方
被正在建的一棟高樓和灰霧擋住了

2014.4.13，星期天

復活節

天被熏成深紫色
教堂門前放了一個鐵垃圾箱
上面堆著撕成片的紙箱板
人圍著它　閃光燈
神父用打火機點不著它
有人鑽進關著門的教堂深處
換一個打火機

遊行　繞著教堂走一圈
神父的白色長袍到腳了
穿著白衣服的唱詩班
強硬的歌本
每人拿著蠟燭
擔心蠟汁溢出來
歌聲在遠處
後面的人聽不清
路過的人拿出手機　拍照
小孩被媽媽拽著拉走

坐在旁邊的阿姨
一直高舉著大螢幕手機
怕有人撞她　使畫面搖晃

　　　　　　　2014.4.21晚11點，TOEFL成績單寄來

教堂

大瞻禮前的下午

有幾個人穿著藍色的女工服

在擺運聖像

黃色和白色的磚　很舊

保安不讓人一直站在大門前

那些磚會掉下來

太陽臨走前的強烈金色

從開了一半的門射進來

教堂裡有溼冷　老人袖口的味道

沒有開燈

跪在前排的　帶西北口音

聲音很尖很細的老太太

在領經

從後排聽　是用被子蒙著一臺收音機

有人搶著念　發音模糊

跪凳爛了兩個洞

露出了棕色皮面下的黃色海棉

2014.6.24，烏市中考，星期二，在祈禱室

擺整齊
──小姨生日送給她

你前面的幾撮頭髮白了
你用海娜粉染成棕色
你每週五洗頭前
你頭頂翹著的頭髮被油壓彎
你說完每句話後深吸氣
嘴巴張開　下巴連著脖子
你打字時用力敲打鍵盤
頭伸前看著螢幕
你的眼睫毛揮動著　打掃空氣
從後面看你的背　有點斜
走路搖晃
我隔著門聽到你跪在祈禱室裡
含糊不清地跟聖母的畫像說話
不停地把鋪在桌上的臺布擺正對齊
你的櫃子很香
你的大腳趾往裡歪
你在床褥下放了硬木板
半夜翻身時木板被震響
你自言自語的時候
紗窗外風刮過的樹葉在聽

把它散落在黑夜
掉進其他樓房裡的閃爍燈光

2014.7.20，星期天晚，小姨生日

萬聖節

她穿著黑色　很滑　到腳的長袍
紮著低馬尾辮　不均勻的金色
辮子上有紮痕
哈氣從嘴裡溜出
到頭頂乾枯的小樹
每棟房子冰冷的石頭外牆裡
亮著客廳的橙色的燈
電視閃爍播放著橄欖球比賽
有人塗著紫色的口紅坐在門口
拿著黑色的鍋　她說每人只能拿一塊糖
手指僵硬
有人圍著圈　在路邊烤火
味道好聞
被燃燒過的灰燼飄起
像以前鄰居家在走廊供佛像
燒的香

磨腳的鞋後跟
裝糖的袋子快爛了
天開始變成深藍
紅綠燈　車的紅色燈光　街邊的飯店燈光
灰色在天上攤開
像用超大的黃色草編掃把
掃過的大街
月牙在另一邊　很細
它的邊可以刮破我的皮
是剛剪完指甲後
掉落在家裡瓷磚地上的碎指甲
黃色樹葉上有很多黑色的點
那些房子後面連著黑色的天

　　　　　　　2014.10.26，晚8點24分，坐在NICOLE家書桌前

感恩節

火雞的黃色脆皮
被人剝下　扔進快滿了的垃圾桶
染著紅色指甲的手沾滿油
她用叉子把白色乾澀的肉
和深色的分開

只吃白色的肉
盤子和刀叉撞擊的回聲
橄欖球比賽在電視裡無聲地播放
有兩顆星星
在月牙的對面
乾枯冒煙的冰樹杈上面
窗子裡的橙色燈光
溢出　流到門外搖椅上
落滿的一層雪
路燈被霧連接
冰冷的汽車後座
廚房下水道發黴的剩飯味
被三位數的鎖子關在鐵箱子裡

2014.11.27

聖誕節

一

陽光透過百葉窗照在
很久不用的白色塑膠椅子上的灰
汽車裡的檸檬清新劑

雲被藍色堆起來擠到灰色掉了葉子的樹林上
圓形的小教堂
帶著義大利口音的灰鬍子神父說話像含著痰
綠色和紅色的黏滿小毛球的毛衣
靜電吸走羽絨服的摩擦聲和洗髮水味
坐在旁邊的金色短髮老太太
溢出嘴唇的口紅和口水
在咬著一顆去口臭的薄荷糖
陽光被彩色玻璃染色
耶穌的白色袍子發光
眼前的人臉開始發黑
煎糊了的韭菜餃子底

二

舊的雙層木房子
掉皮的淡綠色外牆
後院有雜草和彩色滑梯
木頭地板黏腳
走過時咯吱
做飯的香味
暗色的飯廳
掉色的聖誕樹亮著不同顏色的燈
黑色狗的鼻子聞過每個人的褲腳
紅酒搖晃　有關天氣的談話
大笑　震動皮帶上綠色襯衣包著的脂肪

叉子敲擊盤子　巧克力包滿牙縫
閉著嘴嚼　下巴重疊
沉重的呼吸聲
撕開禮物包裝時　過度誇張的語調
月牙追著我　星星在黑色的天
沒有一顆最明亮
爸爸黑色羽絨服領子上落下的頭皮屑

2014.12.25新澤西

耶穌受難日

擤過鼻涕的紙團
落滿灰的窗臺
百葉窗的縫隙
深藍色的天
電腦螢幕上閃爍著娛樂節目
發癢的頭頂
汽車繞過深色冰冷的小教堂
暗黃色的窗戶
停在一家熱氣透過玻璃的麵館前
門上掛著兩個折皺的暗紅燈籠

一輛救護車叫著經過窗外

2015.4.3星期五

大教堂

麥克風把神父講道的聲音擴散
鼻音
滲入肉色的石牆
反彈　像兩個人
告解亭裡
紅色油漆塗在木頭上
白色小風扇轉著頭　攪著我的話
手臂上的汗貼著額頭
旁邊的人在喝一瓶奶茶
香精味好聞
領聖體時麵餅
緊黏在我的上顎
舔不下來

2015.7.19廣州石室

彌撒

房子外白色的塑膠排氣管
冒著白煙
冬天早晨校門口的包子鋪
紅色牽牛花瓣掉在泥裡

戴著眼鏡的黑人神父
綠色袍子
舉高金色硬殼聖經
左前面失明的老人
聽講道時用揉成一團的紙巾
擦掉眼睛分泌的液體
再用它擤鼻涕
她的白色導盲犬
側趴在跪凳底下
肚子貼著冰冷的瓷磚
緩慢地一起一伏
星條旗在祭臺右邊垂著

2015.11.8星期天

週六晚上的教堂

甘肅口音的講道聲
反彈到空蕩的牆
此起彼伏的咳嗽聲
分不清性別
坐在後排　灰色帽子的老人
閉著眼睛點頭

他站起來　反光的眼睛
看到白色石膏十字架的疊影
拉著旁邊出了熱汗的手
領聖體時
怕舐到神父的指尖　慌張

2016.7.10.星期天

葬禮

教堂在一個坡上
人們往上走時彎著腰
死者嬰兒時的黑白裸體

和結婚時的長鬍子照片
按順序擺在走廊
那時他的妻子還沒有發胖
盡頭是打開了的棺材
發光的臉和手指
像假的人

這是我第二次見他
上次是兩年前
他來學校接女兒
問我是否看見她
我說　沒有

天主

在飄著灰的半杯水裡
沒能感覺你
教堂的白祭臺
神父的幽默
跑調的唱詩班
互祝平安時
該先握誰的手

沒能感覺你
洗澡時的身體
和夜晚模糊的星座
沒有你
在用鉛筆寫這些句子時
你也不在這裡

2017.2.25

語言文學類　PG1929　秀詩人24

厄法達
——當代天主教漢語詩選

主　　編/任安道
責任編輯/徐佑驊
圖文排版/周妤靜
封面設計/蔡瑋筠

發 行 人/宋政坤
法律顧問/毛國樑　律師
出版發行/秀威資訊科技股份有限公司
　　　　114台北市內湖區瑞光路76巷65號1樓
　　　　電話：+886-2-2796-3638　傳真：+886-2-2796-1377
　　　　http://www.showwe.com.tw
劃撥帳號/19563868　戶名：秀威資訊科技股份有限公司
　　　　讀者服務信箱：service@showwe.com.tw
展售門市/國家書店（松江門市）
　　　　104台北市中山區松江路209號1樓
　　　　電話：+886-2-2518-0207　傳真：+886-2-2518-0778
網路訂購/秀威網路書店：http://store.showwe.tw
　　　　國家網路書店：http://www.govbooks.com.tw

2018年1月　BOD一版
2019年11月　BOD二刷
定價：480元
版權所有　翻印必究
本書如有缺頁、破損或裝訂錯誤，請寄回更換

國家圖書館出版品預行編目

厄法達：當代天主教漢語詩選 / 任安道主編. --
一版. -- 臺北市：秀威資訊科技, 2018.01
面；　公分. -- (語言文學類；PG1929)(秀
詩人；24)
BOD版
ISBN 978-986-326-516-0(平裝)

831.86　　　　　　　　　　106023285

讀者回函卡

感謝您購買本書，為提升服務品質，請填妥以下資料，將讀者回函卡直接寄回或傳真本公司，收到您的寶貴意見後，我們會收藏記錄及檢討，謝謝！如您需要了解本公司最新出版書目、購書優惠或企劃活動，歡迎您上網查詢或下載相關資料：http:// www.showwe.com.tw

您購買的書名：＿＿＿＿＿＿＿＿＿＿＿＿＿＿＿＿＿＿＿＿＿＿

出生日期：＿＿＿＿＿年＿＿＿＿＿月＿＿＿＿日

學歷：□高中 (含) 以下　　□大專　　□研究所 (含) 以上

職業：□製造業　□金融業　□資訊業　□軍警　□傳播業　□自由業
　　　□服務業　□公務員　□教職　　□學生　□家管　□其它＿＿＿＿

購書地點：□網路書店　□實體書店　□書展　□郵購　□贈閱　□其他

您從何得知本書的消息？

　□網路書店　□實體書店　□網路搜尋　□電子報　□書訊　□雜誌
　□傳播媒體　□親友推薦　□網站推薦　□部落格　□其他＿＿＿＿＿＿

您對本書的評價：（請填代號　1.非常滿意　2.滿意　3.尚可　4.再改進）

　封面設計＿＿＿　版面編排＿＿＿　內容＿＿＿　文／譯筆＿＿＿　價格＿＿＿

讀完書後您覺得：

　□很有收穫　□有收穫　□收穫不多　□沒收穫

對我們的建議：＿＿＿＿＿＿＿＿＿＿＿＿＿＿＿＿＿＿＿＿＿

＿＿＿＿＿＿＿＿＿＿＿＿＿＿＿＿＿＿＿＿＿＿＿＿＿＿＿＿＿

＿＿＿＿＿＿＿＿＿＿＿＿＿＿＿＿＿＿＿＿＿＿＿＿＿＿＿＿＿

＿＿＿＿＿＿＿＿＿＿＿＿＿＿＿＿＿＿＿＿＿＿＿＿＿＿＿＿＿

11466
台北市內湖區瑞光路 76 巷 65 號 1 樓

秀威資訊科技股份有限公司　　　收

BOD 數位出版事業部

....

（請沿線對折寄回，謝謝！）

姓　　名：＿＿＿＿＿＿＿＿＿　年齡：＿＿＿＿　性別：□女　□男

郵遞區號：□□□□□

地　　址：＿＿＿＿＿＿＿＿＿＿＿＿＿＿＿＿＿＿＿＿＿＿＿

聯絡電話：(日)＿＿＿＿＿＿＿＿＿　(夜)＿＿＿＿＿＿＿＿＿

E-mail：＿＿＿＿＿＿＿＿＿＿＿＿＿＿＿＿＿＿＿＿＿＿＿